意-林-家-教-馆

官-癸-宋-林-意

原谅——我也是第一次为人子女

《意林》编辑部 —— 编

吉林摄影出版社
·长春·

图书在版编目（CIP）数据

原谅我也是第一次为人子女 /《意林》编辑部编. -- 长春：吉林摄影出版社，2019.4
（意林家教馆）
ISBN 978-7-5498-3899-8

Ⅰ.①原… Ⅱ.①意… Ⅲ.①散文集－中国－当代Ⅳ.①I267

中国版本图书馆CIP数据核字(2018)第292811号

原谅我也是第一次为人子女 YUANLIANG WO YE SHI DI-YI CI WEI REN ZINÜ

项目出品	松果阅读
编　者	《意林》编辑部
出版人	孙洪军
主　编	顾　平　杜普洲
责任编辑	施　岚　胡晓路
总策划	蔡　燕
丛书统筹	许树平
策划编辑	许树平　董　腾
特约编辑	董　腾　苟　敏
设计总监	资　源
封面设计	MM末末美书
美术编辑	金　宇　李雪菲
发行总监	王俊杰
开　本	880mm×1230mm 1/32
字　数	200千字
印　张	8
版　次	2019年4月第1版
印　次	2019年4月第1次印刷
出　版	吉林摄影出版社
发　行	吉林摄影出版社
地　址	长春市净月高新技术产业开发区福祉大路龙腾国际大厦A座17楼
	邮　编：130117
电　话	总编办　0431-81629821
	发行科　0431-81629829
网　址	www.jlsycbs.net
经　销	全国各地新华书店
印　刷	三河市宏图印务有限公司
书　号	ISBN 978-7-5498-3899-8　　定　价：39.00元

版权所有　翻印必究
（如发现印装质量问题，请与承印厂联系退换）

目录 CONTENTS

原谅我也是第一次为人子女

第一章 抱瑜握瑾

相拥本是最大的幸福	六 六	3
父亲是世上最不堪的一个斗士	李承鹏	8
老爸，丫头想你了	吴莫愁	12
亲爱的"悍母"	四 喜	16
妈妈也想妈妈	积雪草	21
不敢老的母亲	汤小小	24
妈妈不是用来孤独的	素 猫	29
原谅我也是第一次为人子女	林一芙	34
父亲的毕业典礼	蔡江舟	37
写给老去的柳小姐	老的小	42
妈，我真的不喜欢你把肉让给我	布 乖	45
母亲是菩萨，内心有力量	陈 坤	48
他是我爸爸，我才伟大	李 健	51
鸟妈妈	关 羽	54
隔壁的父亲	周海亮	57

目录 CONTENTS ②

原谅我也是第一次为人子女

第二章 大雅宏达

只想和你接近	吴念真	63
鳝鱼骨里的妈妈滋味	林清玄	66
妈妈,你什么时候"死"	安宁	69
妈妈,你会勇敢地活下去吗	艾晓雨	72
重新再做一次父子	程玮	75
炉父	安宁	77
父亲大人	李亚鹏	81
娘亲	六六	84
父亲那只寂寞的手	琴台	87
一期一会	龙飞儿	90
亲爱的阻力	倪一宁	93
爸妈的旅行餐	陈晓卿	96

第三章 春风沂水

窗外有隔夜的雨声,此刻我好想你	惟 念	101
妈妈的礼物	顾 颖	104
母亲与小鱼	严歌苓	111
父亲的游戏	周海亮	116
感谢上帝让我们有机会说出爱		
[美]特雷西·安德森 译/木子		120
父亲的布鞋母亲的胃	周海亮	123
载不动父爱如山	宇 原	127
父亲的爱有多长	卫宣利	132
袖口上的母爱	心 灵	137
尘土里的便士		
[加拿大]欧内斯特·巴克勒 译/钟平		139
爱的偏方	周 莹	145
姓爸爸的人最柔软	杨献平	149
婚礼上的颤抖	晓 蓉	153

目录 CONTENTS ④

原谅我也是第一次为人子女

第四章 半天朱霞

妈妈们	雷淑容	157
陋室王侯	杨 桦	160
父子	程习武	162
妈妈，你要记得输给我	夏川山	165
母亲和她的母亲	陈铭训	169
那个叫母亲的客人	汤园林	171
父与子，一对孤独的亲戚	[西班牙]何塞·加夫列尔 译/西木	174
当你老成了我的孩子	黄金梅	176
再见，爸爸	和菜头	179
因为爸妈只有你	杨熹文	183
母亲	张 烨	188
母子之间	爱新觉罗·溥仪	190
我的母亲	[日]北野武 译/陈宝莲	194

第五章 晨钟暮鼓

我也是偶然成为你父亲	南在南方	199
抱歉呀，孩子，没能让你成为富二代	陶瓷兔子	203
给孩子倾诉的机会	吴念真	206
母亲这种病	查小欣	209
母亲就是，对着洒落的牛奶轻松一笑		
[美]琳达·琼斯 译/费方利		212
我踩到了"父母地雷"	查小欣	214
儿子，爸爸不是郑渊洁	胡子宏	217
下辈子，你不要再做我的孩子	合欢开了	220
儿子，谢谢你如此宠我爱我	春喜	223
致女儿书	王朔	228
儿子，妈妈谢谢你	青春不在	232
我主要教女儿心安理得地混日子	高晓松	237

【第一章】抱瑜握瑾

DI-YI ZHANG　BAO YU WO JIN

相拥本是最大的幸福

◎ 六六

01 >>>

小时候,我挺敬畏妈妈的,她是严母。在青春期,我和母亲碰撞得很厉害。我妈不能原谅我的早恋,她认为我耽误学习,而且让家庭蒙羞。最主要的原因,我日后才理解,她其实是怕我受伤害。

高二那年,我过了个有史以来最悲惨的年。朋友跟他父母去了老家看奶奶,临走的时候说:"不要跟你妈妈吵架,我只去五天就回来,回来找你玩儿!"

坏情况还是出现了。不记得是什么由头,只晓得母亲很严厉地骂我。那种羞辱感让我直接离家出走,口袋里就两块钱和一张身份证。年初一的早上,我走在寒风中,孤立无援,哭得泪都结冰了。走遍整个城市,大约不停地走了十个钟头,我又累又饿又乏,就去了男朋友的宿舍。

我躺在他的床上流泪,内心一直呼唤着要他快回来。我怕等五天过后他回来,我都成干尸了。我迷迷糊糊地睡了又醒醒了又睡地

原谅我也是第一次为人子女

过了三天,不吃饭、不喝水,人到最后都快冻成冰了。

真快不行了,我趁最后一点力气,还是厚着脸皮回去了。对我来说,生存的渴望已经远远超过了自尊。进门以后,我都打算摆出一副死尸的架势,无论我娘说什么我只当没听见。出乎意料,我一进门,我妈就抱着我使劲地哭,说:"你怎么这么傻?我叫你滚你就滚!你知不知道妈妈急死了?以后可不能这样了。"

我的泪都流干了,那一刻却忍不住又哭。妈妈忙着端热饭,看我吃,边吃边给我梳几天不梳的头。然后安排我睡觉,等我睡醒了,就躺在我床上搂着我说:"妈妈脾气不好,你要原谅妈妈。你怎么这么傻呢?一个女孩子,你能去哪里?要是碰到坏人怎么办?你这不是要妈妈的命吗?"

02 〉〉〉

那次出走,妈妈久违地抱了我,让我知道她是如此爱我,害怕失去我。只是我们俩都将爱掩藏着不表露,而将怨恨公布无遗。我于是想,为什么相爱的人,不告诉对方自己心中的爱呢?

我是很大了以后,才体会到母亲对我的重要。知道这世界,谁都会抛弃你,而母亲始终会张开双臂接纳你,等你回家。

大学二年级的时候,相恋多年的男友不要我了。

我内心里很害怕,分手后很长时间都独自承受,不敢告诉母亲我孤单了。我是怕她用她一贯嘲讽的语气对我说:"我早知道如此。"

是母亲看出来的。她向来敏感,步步紧逼下,不让我还没成型的谎言出口。我招了,招得很痛苦。我骄傲的自尊心被母亲剥离得如风化的岩石一般一片片脱落,最终哭成一团。

我没期望母亲给我什么好话,骂就骂吧,也许一顿恶骂能叫我从不忍分离中清醒,进而彻底离开那个男人。

母亲只是拉着我的手,一句话都不说。

第一章 抱瑜握瑾

后来的那段日子里，母亲搀扶着我走了很久，给我做好吃的——虽然我吃不下；跟我聊天，虽然我口头应付着，心完全不在；给我买好看的衣服打扮我——虽然我已经失去了悦己的人。那是我成年后跟母亲过得最亲密的一段日子。

03 >>>

妈妈一生不顺，到老了，时来运转。先是调回了老家上海，后又谋了份好工作，到退休的时候已经是万般坎坷皆身后了。

我惊奇地发现，妈妈其实是个很温柔的女人，只是境遇的不平毁了她的好心情。她还是唠叨，语言却成了春风化雨，打电话去，总听她耐心嘱咐东嘱咐西，替我准备好一切，并为我奔东走西，只要是我需要的，她都一一准备在前头。但我对我娘没任何好，粗心，不关心她的一切，只顾自己。

我发现我对母亲极没耐心，总将自己最糟糕的部分暴露给她看，而这些部分都是我很谨慎地藏于人后的。

回国短短几天，我总失去控制，对妈妈大喊大叫，自己脾气之大，耐心之少自己都觉得莫名其妙。妈妈一句无心的话，我能哇啦哇啦吵很久，直到发现母亲一言不发，很可怜地抬眼看我，才顿时觉得自己太无理，在母亲面前毫不收敛。

那天我和爱人去体检，父母陪同。本来我和爱人事先都打探好路了。结果半路杀出我娘，坐在公交车上跟司机问路，那个司机跟妈妈说，不用转车啊，我这车坐到底就是医院门口。妈妈反复追问，是那家医院吗？司机说没错。

到了预定要下车的地方，母亲坚决不让下，说听司机的没错，我问好几遍了。无良售票员又叫我们几个补了票。

车到终点站，才发现完全不是那么一回事，再追问司机，司机不认账了，使劲催我们下车，并告诉我们，你转这车呀，转那车呀，一查路牌，我的天！离医院还有好几站！

原谅我也是第一次为人子女

我于是当街给妈妈一个难堪，在终点站当着很多乘客的面对母亲大声咆哮，面色厉害到爱人不得不拉我背过身去训斥我说："你怎么这样对妈妈？"

因为时间迟了，父亲也急了，也跟着责备母亲，说她总捣乱，一生没干过一件对事。

于是，母亲这三十年的丰功伟绩都被一辆车给抹杀了。

妈妈默不作声，低头。偶尔抬眼看看我们，欲言又止，眼泪都要落下来了。

我的火气，在那一刻完全消失，全部是自责。

爱人总说我舍本逐末。将爱心奉献给不相干的人，却伤害着最亲近的人。我蓦地发现，这点上，我像极了我的母亲。当年，我曾发过誓绝对不让自己爱的人受委屈，不要像妈妈那样对亲近的人肆无忌惮。

结果，我到了做妈妈的年纪，还是走着她的老路，逃不脱。

我曾经跟妈妈说过刘海若妈妈的故事。当时妈妈的回答让我震撼。

海若以前是个美丽的节目主持人，一场意外造成了她一生都无法复原的伤害。我跟妈妈感慨，人生多么无常啊！以前和海若一起工作的伙伴，现在都飞黄腾达了。而她，一切归零。不但如此，还成了家庭的负担。海若的妈妈肯定很痛苦。

哪里想到妈妈回了我一句话："海若的妈妈幸福才对啊！她的运气比人家妈妈好多了。另外两个女孩都死了，家里再怀念的时候只能捧着照片。海若现在这样，至少是活着，就在妈妈眼前。"

我于是知道，对于妈妈来说，再没有比她在这世界上拥有一个女儿更幸福的事情了，无论疾病还是健康。

而我这一生，还有很长的路要走，我不知道前面还有什么坎坷。

妈妈虽然从没亲口对我说过"我爱你"，但我知道，无论我遭遇什么，她都会敞开家门等我。

　　我有个愿望，等妈妈再老一点点，我就搂着她，像搂个孩子一样，亲口告诉她，我很爱她，让她也满足一下。

知心暖语： 世界上的一切光荣和骄傲，都来自母亲。母爱是无声的，母爱更是无私的。彼此相爱的人都有心灵感应，可以感知对方的爱。相爱已经很幸福了，如若能够相知相惜再相拥，岂不是更加快乐呢？行走在漫长的时光隧道中，生活在一个屋檐下的母女或者母子，无论是生活中的分歧和情感上的摩擦，都应该彼此包容对方，一个结实温暖的拥抱，胜过千言万语，相拥是美，相拥是福。

原谅我也是
第一次为人子女

父亲是世上最不堪的一个斗士

◎ 李承鹏

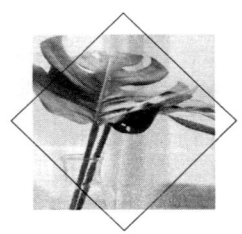

小时候我看过一部日本电影《砂器》。影片讲战后日本东北部一对失去土地的父子，他们到处流浪，在大雨滂沱中赶路，在大雪天里乞讨，在崎岖的山路上跋涉。有一次，儿子被富家子弟殴打，瘦小的父亲拼命用身体挡住拳头和棍棒，滚落到水沟里；还有一次下大雪，父亲讨来一碗粥，用砂锅煮热了让儿子喝，儿子让他先喝，两人推来推去烫到了嘴，痛得原地大跳，却又相拥哈哈大笑……这个温暖的镜头，让我哭了。

那个父亲后来得了麻风病，被强行带到医院，儿子则被一户好心人家收留。后来儿子逃到东京，机缘巧合学习钢琴并成为崭露头角的钢琴家，还认识了大金融家的女儿。正当谈婚论嫁时，早前的养父找到了他，让他去见他的亲生父亲，当时日本很重视门第，为了掩饰出身，他在车站把养父杀了。后来侦破的过程很复杂，我不太记得，只记得最后的情景是：警视厅探员把钢琴家的照片递到在麻风病院的生父面前，为保全儿子，生父拒绝承认这是他的儿子，只是默默地看着照片，默默地老泪纵横……

这个镜头被评为日本人性系列电影里最经典的镜头之一，电影院里的人哭得稀里哗啦。我当时不明白那个父亲为何这样做，等我明白，已为人父。

父亲是世上最不堪的那个斗士。

如果你要问我当了父亲最主要的体会，这就是回答。

我们的父亲没有《至高无上》中男主角的那种不怒自威；连油画《父亲》所展现的那古铜脸色中透出的勤劳坚忍，也不大看得出来。他们中的大多数为生活所困，面色无光，有些不大不小的疾病。其中一些连感情也并不如意，很年轻就显出一些猥琐来。可是他们爱着自己的孩子，像愚蠢而勇敢的工蚁，不落下任何一项工作。

我住的小区里有个捡垃圾的大爷，我到现在也不知他叫什么。他并非那种邋遢的捡垃圾大爷，而是衣着干净，见人很有礼貌地打招呼。他总是精心地把纸盒、废旧电器、报纸归类放好在板车上，不掉下来任何垃圾。他儿子也在这城里打工。曾经觉得他儿子很不孝，后来才知他儿子也极力反对他这么干，可他总偷偷跑出来捡垃圾，骗儿子说在公司找了差事。

他说，每回出来捡垃圾都要穿上好的衣服，这样保安就不会赶他，也不会给儿子丢脸。他偶尔会到我家来收一些纸盒，我妈会留他吃饭，每回他都虔诚地拜拜我家的观世音菩萨像。我跟他交谈过一次，他说："儿子要在城里买房，再过半年，差不多首付就有了，我也可以回老家了。"

你问我我的父亲是怎样的。他是个三流音乐家，形象和性格都有些像《虎口脱险》里的那个指挥，暴躁而神经质。我很小的时候他便逼我练琴，我若不从或弹错，便要挨打。我从小身形敏捷，闪躲灵活，我有一次钻到床下面去（新疆兵团的那种床，下面可藏半个班的人），他跟着钻进来，我在里面用扫帚对抗，导致床板坍塌，他的鼻梁都被砸出血了……还有一次学校发肉，因为天冷，肉冻得

原谅我也是第一次为人子女

太硬，菜刀切不开，我俩就在院子里用斧头砍，我砍时大叫"砍死爸爸"。那天大雪纷飞，他的鼻尖上全是雪花，他问我说什么，我又大声说"砍死爸爸"，他听了，就默默哭了。这是他唯一一次在我面前哭。直到现在我也没问过他为什么哭，不必问。

后来他跟我母亲离异，我随母亲回四川，从此父子聚少离多。后来知道他过得落魄，再婚也不幸福，女儿不想理他竟至离家出走……几年前我俩有过一次很隆重的见面，我给他买了很多衣服，他很开心地试穿了所有衣服，郑重地在镜子前走来走去。他把西服的扣子一口气扣到了最下摆，浑然不觉。

我爸是如此不堪的一个斗士，他想把我培养成一位音乐大师，我却成了码字师傅。他想把我儿子培养成一位音乐大师，可我儿子却成了网球运动员。那次他回河南时，在车站认真拿起珂仔（作者的儿子——编者注）的手看了又看，说："手指这么长，韧带这么开，可惜了……"

你问我和我的父亲有什么不同。曾经觉得有很多不同，现在觉得其实一样，我们都努力让自己在儿子面前从容不迫，却内心恐慌。儿子出生那天，我正在谈一件重要的事，听说要生了，急急开车向几百里外那座小城赶去。

等我赶到，他已然出生，神色安静，不着喜怒，正躺在襁褓里昏昏沉睡。他那样眼熟，却又无比陌生，像远方发来的一封不知来历的邮件，我不敢贸然打开，怕一打开，就接下一项高深莫测的任务。他间或醒来过，眼睛尚未完全睁开，只淡淡地瞄了我一眼，那么骄傲甚至暗藏某种不屑……然后又睡去。我盯着他，深觉责任重大又无法逃避。

我不知道其他父亲是否跟我有同样的感受，见到孩子第一眼时，一个突如其来的生命让自己感到迷茫。我曾对他半夜哭闹深感烦躁，对他把家里弄得乱七八糟而感到怒火中烧。可渐渐地，不知何时，他已成为我最好的朋友。我无须承诺，就知此生必须保护他、帮助他，哪怕牺牲自己的生命也在所不惜。

我觉得拿国外父亲的标准来要求中国父亲并不公平。可你看春运期间的那些父亲，他们迅疾地从车窗翻进去，动作粗俗，表情难看。倘抢到一个位置必大声招呼，怕被别人再抢了去。刚坐定，就忙着找开水泡面，或用粗糙的手擦拭着苹果让孩子吃。他们爱孩子，还要在孩子面前装得若无其事。我们都知道，倘孩子们发现我们的不堪，才是我们最大的不堪。曾经的一些事情让珂仔哭了，说再也不练网球了，因为我供他练球太辛苦。我大笑着骗他，告诉他："你不知道，老爸我其实是有很多钱的，我暗地里其实是一个有钱人，你看，这是银行卡，这是存折……"他很相信，深以我为骄傲。

我小心翼翼地隐藏住自己不堪的奋斗，给他创造不必考虑尴尬问题的条件。我得努力工作，每天把胡须刮得干干净净，穿着整洁的衣服，让他觉得父亲其实很潇洒、很浪漫，不甘人后，不输于人，成竹在胸。

我不要珂仔看出我的不堪。

我已是父亲。

知心腰语： 从一部日本电影《砂器》写起，影片中的父亲为了保全儿子的名誉，小心翼翼地隐藏自己的不堪，尽量不给儿子创造尴尬问题的条件。这是多么伟大且隐忍的父亲形象。当作者终于体会"父亲是世上最不堪的斗士"的时候，自己也初为人父。作者列举了多个父亲的形象，无一例外的是，他们都爱着自己的孩子，他们都很努力让自己在孩子面前从容不迫。当作者和父亲出现矛盾、出现意见分歧的时候，父亲选择沉默，不予辩解。父爱如春风细雨滋润着儿子的心田。父爱如山，父爱无言！

原谅我也是
第一次为人子女

老爸，丫头想你了

◎吴莫愁

那年，我5岁。

关于童年最多的记忆就是跟一群大人在大篷车上四处颠簸。每到一个地方，或是城市不喧闹的角落，或是散发着淳朴气息的小镇中央。停车，打起氙气灯，一群大人匆匆忙忙地开始化妆，用粗劣的化妆品装扮出各种夸张的表情。将音响调到最大，告诉每个经过的人——晚饭后，这里有一场表演！他总是不经意地转过头来捏一下我的脸蛋说：宝贝乖，听话，等表演完了教你唱歌。

然后我总是伸出小手跟他拉钩：一言为定啊！

爸爸每次唱完一首歌，就会指着角落里的妈妈说——这首歌，送给现场的各位好朋友们，还有我最爱的妻子。

那年，我13岁。

我觉得自己已经成了一个大人，大篷车已经破旧，爸爸还是光头，脸上有了皱纹，消瘦，但是依然非常酷。我依然是他最爱的丫头，他依然是世界上最酷的老爸。我还是跟着大篷车快乐地奔跑，在台上疯狂地蹦跳，大声地唱《爱的主打歌》，爸爸依然唱那些熟悉的老歌送给观众和妈妈。

　　我听到了大篷车的声音，我冲出门外看到的是大篷车里的一个叔叔走出来，我大喊：光头老爸，快给丫头现身。叔叔拉起我和妈妈把我们塞进大篷车里往医院赶去。妈妈没有说话，只是眼里的泪水像珠子一样洒了一地，大篷车的马达就像是在轻轻地呜咽，我没有说话，只是突然感觉心里疼得难受。

　　那年，我只有13岁。

　　推开病房门口的一刹那，妈妈撕心裂肺地痛哭几声后昏了过去，我看到爸爸安静地躺在那里，我扑过去抱着他的光头：嗨，老爸，你丫头来了，你快起来。我很生气，他没有理我，我抬起头看着他，他现在真的好瘦，眼睛闭着，可是还是那样帅气。我拉着他的手：你是不是累了？都睡不醒，怎么这么懒？我倔强得不肯掉下一滴泪水，大概，只要我没哭，老爸就不会像他们说的那样，真的就走了吧。

　　我一直觉得，光头老爸一直在我的身边，只是，他的手好凉呀，我唱得不好吗？你怎么就不夸我了呢？

　　你上次不是还说我已经超过你了，你是骗我的吧。老爸，我跟你说呀，这个学期我们新来的音乐老师夸我唱得好了呢！他说我以后上大学是可以学音乐的，他说我是可以站在大舞台上发光的。我跟他说了，这些老爸都跟我说过啦。

　　你不是骗我的吧？你怎么就不说话了呢？

　　送爸爸去火葬场的也是大篷车，大篷车越走越远，我的眼前越来越黑。

　　那年，我16岁。

　　大家都说我变了，我说："我学会了一首歌啊，《他和她的故事》，我唱给你听呀。"

　　"那个谁，听说你爸爸死了啊，是真的吗？"

　　我跟他扭打在一起，我使出平生最大的力气跟他打架。

原谅我也是第一次为人子女

那年，我 18 岁。

我还记得，在我很小很小的时候，光头老爸就告诉我，等我的丫头 18 岁的时候，我会开着大篷车让她唱遍整个中国。可是，我好像早已不会唱歌了。

大家都说我像一个疯子，嗨，疯不疯又有什么区别呢？大篷车也已经老了，轮子早就不知道在什么时候已经瘪了下去，就连车身也早已锈迹斑斑了。

朋友拉我去文身，文身师傅问我要什么图案，我要来纸笔，酷酷的，光光的头上没有头发，他的眼睛很有神，画了一遍又一遍，然后撕掉，因为一点都没有光头老爸的样子。文身师傅看着图案问我，这个是谁？我说这是我爸爸，我要让他时刻跟我在一起，文身师傅不再说话，开始勾线，看着老爸的轮廓一点点地出现在我左侧的胳膊，我说我不要打麻药。回家，我抱着妈妈。

光头老爸在手臂上，将我和妈妈拥到一起。

那年，我 18 岁，真正已经长大。

我生日那天，我和妈妈一起卖掉了大篷车。那天，我哭了，妈妈也哭了。

今年，我 20 岁。妈妈一个人承担着整个家庭的压力，从来都是把最好的给我，却不多说任何话。老师问我，你跟谁学的唱歌？我说跟我老爸，我老爸可厉害了，他是唱反串的。

他有一辆音乐大篷车，我曾经跟他一起走遍了整个中国，那个时候我们是一对欢乐的光头。老师问我，你爸爸还唱吗？

我强压住眼角的泪花，洒脱地说，他不唱了，换我来唱了。

老爸，丫头想你了。

✎ 知心暖语：跟随大篷车一起走南闯北唱歌的经历，是女儿成长岁月里最难忘的经历。爸爸喜爱唱歌，女儿深受熏陶，也爱唱歌。然而，爸爸因病离世，这是女儿难以接受的现实，女儿把爸爸的轮廓纹在左侧胳膊上。这样，就永远和爸爸不分离了。随着岁月的流逝，女儿渐渐长大成人了，也以"唱歌"为业，她想用这种方式记住爸爸，怀念爸爸。全文围绕"唱歌"这件事展开，写出了女儿对离世爸爸的思念之情，情真意切，感人至深！

亲爱的"悍母"

◎ 四喜

01 >>>

蔡美儿的悍母教育登上《时代周刊》时,我正在和爸爸吃火锅,我随口说:"这些年糕吃不完,给妈妈带回去吧。"说完我就愣住了,爸爸也愣了一下,随即挤出一个笑容,然后又拍了拍我的手背。

我用了很长时间,才习惯妈妈已经不在人世这个事实。妈妈去世时,我怎么也哭不出来,我怪异地拧着一张脸,谁也不理,当时的想法很怪:以后我回家晚了,再也不会有人骂我了;以后把男孩子领回家,再也不会有人像防贼一样问东问西了……

我对爸爸说:"爸,我真的很难受,可是我哭不出来。"

爸爸拍拍我的手背说:"别恨你妈,她是为你好。"

我其实从来没有恨过她,从来没有。我只是烦她,被逼急了我会恨自己命苦偏偏做了她的女儿,可是我真的没有恨过她。

妈妈是蔡美儿笔下的悍母,而且是最典型的一例。

我从不怀疑她是爱我的,只是不太理解她爱我的方式。上初中时,妈妈帮我找了 5 名家教老师：周一补数学，周二补英语，周三补语文，周四补化学，周五补物理。我每天至少要补习两个小时，而数学和英语则需补习 3 个小时。妈妈给我制定了严格的作息时间表，起床 10 分钟、吃饭 15 分钟、看新闻 30 分钟……我每天在规定的作息时间里奔跑。

我一个月光家教费就要 2000 多元钱，妈妈每次把钱递给家教老师时，大方得连眼睛都不眨一下。同桌听完我描述的情况后说："哇，你家好有钱啊！"我"切"一声。同桌却说："不过要是我这样活着，我会疯的，至少也会离家出走。"

02 >>>

离家出走，我也玩过一次。

我不是真心要离家出走，我只是想给妈妈一点颜色看看。

我还留了一封"遗书"：妈妈，我不希望在自己的生活中，除了学习还是学习，我生下来不光是为了考大学。

是爸爸找到了我，他开着那辆出租车，和他的车友在大街小巷四处"搜捕"，我终于"落网"。车上，爸爸对我说，回家会帮我和妈妈谈判的，他也认为妈妈对我的要求过于严格。

妈妈的眼圈红红的，像是哭过。我想，妈妈应当悔改了吧，我都离家出走过了。

可我没想到，等待我的是一顿棍棒。

妈妈手里拿着一根很细的藤条。当藤条落在我手上的时候，我都无法相信妈妈能下得了手。我的手心火烧火燎地疼，可是我不哭，我目视前方，狠狠地憋着。

"你还敢不敢离家出走？说，敢不敢？"

我不说话，藤条又落了下来。

爸爸急着去抢妈妈手里的藤条，妈妈的声音却骤然高了几分贝："今天谁也别管我，胆子竟然这么大！她要是被坏人拐走了怎么办？"

原谅我也是第一次为人子女

夜里手疼得睡不着,我一次又一次上厕所,蓦然听到妈妈"嘤嘤"的哭声,还有爸爸小声安慰她的声音。我突然有一种快感,那种快感甚至淹没了我的疼痛。原来妈妈打我的时候,心也是疼的。

我的手不能写字了。可是,这并没有停止我的补习,妈妈说:"写不了,就背!"我常常在背着某个句子时,会产生一种无力感,好像发出那个声音的不是我,而是一台复读机。

后来我就放弃反抗了,因为妈妈真的是太强悍了。

03 >>>

高二寒假,因为数学没考第一,妈妈数落了我一个假期,挖苦讽刺,喋喋不休。而我的反抗方式是轻微的、薄弱的。

有时我也会暗暗惊奇,谁给了妈妈这么强大的信念,一定要把我捏成她想要的模样啊?

我在妈妈的"铁蹄"下,生活了19年。一直到考上大学,我这个"翻身农奴"才把歌唱。妈妈当然不会轻易放弃她对我的"统治",她希望我考雅思或者托福,将来出国留学,可是鞭长莫及。没了妈妈的看管,我懒惰好玩的本性一下子复活了。我疯了似的玩,这辈子都不想再学习了。

大一第一学期结束,我有4科要补考,妈妈听后差点儿背过气去,我低眼耷眉地认错,我说:"要不,你再帮我请家教?不知道大学老师愿不愿意做家教呢?"

实际上我是在挑衅,妈妈的手明显抖了一下。

大一第二学期一开学,妈妈就在学校附近租了间房子。我誓死抵抗,说如果她不退掉房子回家,我就退学。最后,妈妈妥协了,她退了房回了老家,而我也做出让步,答应她至少要各科都挣扎到及格线以上。

现在想来,当时我只是想证明,妈妈那么用力,其实是培养了一个废物,我绝对一下子就能戳到她的心窝上去。哪里痛戳哪里,我戳得稳、准、狠。

其实我明白我能考上那么好的大学,全都拜她的悍母教育所赐,像我这样懒惰、会耍滑的孩子,如果不是妈妈对我步步紧逼,我连本科都考不上。

04 >>>

知道妈妈生病,我正在外地出差,爸爸说妈妈得了乳腺癌,我只是"哦"了一声。当时我还不知道这意味着什么,我甚至幼稚地想,那么强悍的妈妈,乳腺癌算什么呢?

看到妈妈的那一刻,我整个人傻掉了,妈妈脸色蜡黄,头发也全剃光了,更让我无法接受的是,她的左胸竟是平平的。见到我,她的眼神里带着些小得意,好像在说:"看吧,我病了,是绝症呢,看你还对我那么冷。"我很想抱着她哭,告诉她我从没恨过她,求她不要用生病来惩罚我。可是,我只能无力地靠在爸爸的肩头低声抽泣。

我始终没能扑到她的怀里痛哭一场,一直到她死都没有。我只是不习惯和她亲热,我只是问她想不想吃东西,要不要喝水。一切都那么苍白无力,没有热情,我是她的女儿,可是即使在她身患重病的时候,我们依然心存芥蒂,每想至此,我都觉得无比遗憾,悲不自抑。

为了安慰父亲,我陪他到处旅游、看电影。有一天,我们在看《赵氏孤儿》时,父亲忽然说:"肯定是程勃杀了屠岸贾,从来都是孩子捅父母一刀,哪有父母捅孩子的?"

我的眼泪汹涌而出,谁能数得清妈妈在世的日子,我在她的心上捅了多少刀啊!

知心腹语: 离世悍母的关爱,是一首幸福的歌谣,在女儿的日常生活中时时唱响。作者以"悍母"为题,向读者讲述了

原谅我也是第一次为人子女

妈妈在世时，在女儿的学习生涯中无微不至的关心与呵护。文中的作者一开始并未体会到妈妈的关爱和用心良苦，然而，当一直关爱自己的妈妈离世之后，才发现妈妈的严厉管教已经是作者生活不可或缺的了。没错，妈妈的严厉管束其实是母爱的表达，这样平凡的幸福就隐藏在我们的日常生活中。

第一章 抱瑜握瑾

妈妈也想妈妈

◎织雪草

母亲有一只檀香木的首饰盒，小小的长方形，有一本书那般大小，上面像浮雕一样凸起层层的花饰纹路，深紫红的颜色，亚光的漆面，看上去古色古香，精巧雅致。

母亲一直像宝贝一样珍藏着这只首饰盒，把它藏在家里柜子的底层，轻易不会拿出来示人。从她记事的时候起，看到母亲抱着首饰盒发呆有三次，每次都是夜深人静的时候。

第一次发现母亲有这样一个宝贝是她6岁那年，那天晚上一觉醒来，她有些害怕，光着小脚丫就往母亲的房间跑，却意外地看见母亲对着一只好看的小盒子发呆，眼圈红红的。那两年，家里穷得家徒四壁，还时常有人上门讨债，母亲愁得整宿整宿睡不着，吃过槐花玉米面做的糊糊，也吃过榆钱玉米面做的糊糊，日子清汤寡水没有滋味。母亲看见她探头探脑，吧嗒一声把小盒子关上，送回柜子里。第二天，她趁母亲不备，偷偷地翻出那只首饰盒，令她大失所望的是，那只小盒子竟然被母亲用一只指甲大小的金黄色的小锁

— 21

原谅我也是第一次为人子女

锁住了。也因此,她对这只木头盒子里的内容更加好奇了,是钱还是水果味的糖呢?

第二次看见母亲对着那只檀香木的首饰盒发呆时,她已经16岁了。那年父亲因为一场大病,住进了医院,家里变得清冷静寂,仿佛山雨欲来的那种惨淡。母亲每天把小米粥熬得浓香四溢,配上精心制作的小咸菜,让她给父亲送去。父亲住院,不但花光了家里所有的钱,而且母亲天天跑出去借债,看人家脸色。有人说风凉话,都快不行的人了,花那冤枉钱干吗?母亲回到家里,对着那只木头盒子发呆,暗自垂泪。她没好气地对母亲说,天天对着那只破盒子唉声叹气,都什么时候了,如果是钱,赶紧拿出来送到医院。如果是首饰赶紧拿出来变卖了呀,还等什么啊?救命要紧!母亲白了她一眼,把那只盒子放回原处。

第三次看到母亲紧紧地抱着那只檀香木的首饰盒,是她26岁那年。那年,她认识了一个男人,要做新嫁娘的前一夜,母亲拿着她亲手做的红绫被、锦缎褥,唉声叹气。她拥着母亲的肩,故意笑嘻嘻地说,女儿只是嫁人而已,嫁了人还可以回来看您,干吗这么伤感?高兴点,笑一个给我看看。母亲咧咧嘴,勉强笑了一下,转身去柜子里抱出那只首饰盒。母亲说,这只檀香木的首饰盒是我母亲的陪嫁,我结婚的时候,母亲送给了我,现在我把它送给你,算是陪嫁。

她抚着那只光洁雅致的首饰盒,心跳如鼓,莫名其妙地慌张起来,盒子里的内容让她猜测了多年,谜底现在要揭开了,她的手心竟然湿漉漉的,难道母亲要把她珍藏了一生的宝贝送给自己?

母亲轻轻地打开首饰盒,里面只有两张已经泛黄的两寸照片,一张是外祖父,一张是外祖母。

谜底揭开,让她唏嘘不已,曾经多次被猜测成金银饰物、古董宝贝,原来不过是两帧小照。

一直以为,母亲是山,是海,是树,可以依靠,可以包容,坚强无比。原来母亲也想念她的母亲,母亲也有软弱的时候,家中每次遇到重大变故的时候,母亲都会把这两帧小照拿出来看看,看了照片,她就会变得坚强。无论遇到什么难关,她都会顺利渡过。那份亲情,是母亲生存的全部信念和人生的养分。

知心暖语:文中三次写到母亲的陪嫁"檀香木首饰盒",每当家里遇到重大变故的时候,"檀香木首饰盒"便会出现。原来,"檀香木首饰盒"里存放的秘密竟然是两张泛黄的照片,一张是外祖母,一张是外祖父。其实,母亲也有软弱的时候,母亲也想念她的母亲。后来,母亲把"檀香木首饰盒"当作陪嫁给了女儿。这份珍贵的礼物,是生存的全部信念和人生养分的传递。

原谅我也是
第一次为人子女

不敢老的母亲

◎汤小小

01 >>>

我一出生,就被嫌弃。家里不是养不起,而是父亲认为连生三个丫头很丢人,但父亲仍然找了一个保姆照管我,于是我刚断了奶就被送到她家,一个月给五十块钱。

她姓秦,早年得过天花,一脸麻子。我去之前,据说她已照管过十七个孩子,少则几天,多则几年。她自己也有个儿子,叫小海,那年已十二岁,把还不会走路的我架在脖子上满院疯跑。那年我病了,高烧不退。她把我用毛毯一裹,就去找我的父母。因为他们已经很久都想不起来看我了。

恰逢我父亲那天心情不好,远远看见麻脸女人背着我来了,竟然飞奔进屋,把门重重地关上。我得的是急性肺炎,住院押金交了三千。那天她把我背回家,一边骂,一边找出自己的存折,然后带我直奔医院。后来小海告诉我,当她把那么厚一沓钱递进缴费窗口时,心疼得哭了。我病好后,发生了更严峻的事——父母拒绝认我这个女儿，更拒绝再提供当初说好的五十块钱生活费。

她冲到我亲生父母家，握紧拳头砸门。可我那伟大的双亲就是有本事任她砸，不出一丝声音。她最终没有把我扔在那个门外，本来是这么打算的，可一放下我就哭，她没办法。

后来她告诉我，看我那么瘦，不像是命大的，她怕我冻死在外面也没人理。

02 〉〉〉

我最终还算命大，虽然常常生病，好好走着路也会磕伤脑门儿，可还是险象环生地长大了。还上了学。升入初中那一年，小海去了我们本地一家钢厂当工人。她如释重负，对我说，这下好了，有你哥供你，我可解放了！

我和她一样高兴。我知道她辛苦，每天凌晨不到五点就起来做凉面、磨凉粉，然后推着小车出去卖，直到半夜才回来，能不苦吗？她也快五十岁了。

我们俩欢欢喜喜地等着小海拿回第一个月的工资给我交学费。可是等到月底，小海进门就把手一摊，说："打牌输掉了。妈，你揍我一顿吧！"

那一顿揍真是惨烈啊！小海的哭叫声像杀猪一样。

后来学费还是交上了，她拿出了自己的养老钱。当她去银行把钱取出来的时候，我亲眼看见她哭了，不知是心疼自己的钱，还是气小海不争气。

小海终于在钢厂待不下去，嫌太枯燥，于是有一天留下一封信就走了，说是要出去闯一番事业。她躺在床上不吃不喝，整整哭了三天。哭小海这混账孩子一溜烟儿跑得没影儿，将来谁管她，谁给她养老啊。

我说："你别担心，就算小海不管你，我管你。"

她带着哭腔说："我有亲儿子，谁要你管。"

原谅我也是第一次为人子女

03 >>>

  大学四年,我是咬着牙读的,不仅刻苦,而且坚持勤工俭学,不到万不得已,坚决不找她要生活费。

  她还是按月寄钱来,我攒到一定数额,自己添上一些再打回去。她惊诧,打电话来质问,并说:"你要不学好,在外面挣些不三不四的钱,我就和你拼了。"

  每次我都气得哭一场。

  然后就是毕业,找到工作,并交了男朋友。

  他叫董伟,城市人,家境一般,当然和我比是好到了天上。

  我们结婚买了房子后,她说要来看看。

  然后才在电话里吞吞吐吐地说了来的真正目的,并不只是来看看我这么简单。

  小海在外面闯了多年,并没有闯下事业,反而在一次口角中把人家给打伤了。对方要告他伤害罪,私了也行,但要赔十万。

  她在家哭肿了脸,这才想到了我。

  我很难过。比起不争气的小海,此刻我更恨的是自己。

  我觉得我在她面前现了眼,曾经口口声声说自己比她的亲儿子有出息,可当她有难时,我依旧束手无策。

  她来的时候,带来了一口袋板栗,是我们那地方的特产。进门的时候,她很欢喜地拿出来,全然不顾装板栗的口袋底部沾满了泥。

  董伟有洁癖,立刻就受不了,脸色都变了。

  第二天,她便说要走。我强留,几乎与她吵起来。

  吵完了她还是要走,我只得进卧室把存折找出来递给她,真是惭愧,工作四年的人了,可全部存款只有三万。

  她断然拒绝,我急了,差点儿又吵一架。

  然后她才说:"那天给你打完电话,我就想咂自己两口。你刚结婚,根基都不稳,我还找你要钱,真是太不为你着想了。我也想通了,这是小海自己作的孽,只好他自己去承担后果。我不管了,也管不了那么多。"

自从她回去后,我的小家,她再没来过第二次。在电话里催急了,她就说:"我又不是你亲妈,也不是没饭吃,去多了,姑爷该不待见了。"

04 >>>

她老了。我满三十岁那年,她七十岁整。她得了很严重的白内障,走到她面前,除非叫她,否则她是看不清你是谁的。

小海从监狱里出来,终于开始发愤图强,不仅开了一家加工厂,当了老板,还娶了一个比他小二十岁的媳妇。

小海买了新房子,她执意不搬过去一起住。现在她的房子面临政府拆迁,看来想不搬都不行了。小海说,为此她生气得不行,整晚整晚看着她磨凉粉的旧家什,嘴里念叨着:"我用这套家什养活了一儿一女,现在儿子是老板,女儿是老师,多大的功劳,如今说丢就丢了吗?"

听了这话,我鼻子发酸——她从来没有当着我的面承认我是她的女儿,因为总想着我不是她生的,长大了,势必要回到亲生父母身边去,白养一场就算了,再投入感情,到失去的那一天,岂不是更痛?

那扇院门这时缓缓地打开,我看见小海那年轻的媳妇,扶着她慢慢走出来。她一边走一边说:"我先说好,去你们那儿住可以,但我磨凉粉的家什也要带过去。"小媳妇点头:"成,咱带过去。"她又说:"你以后在家不准喷香水,我闻了头晕。"

小媳妇说:"成,不喷。"

她接着说:"晚上十点以后必须睡觉。灯开着我晃眼。"

小媳妇说:"咱去做手术,把白内障摘除。"

她嚷起来:"手术吗?你想害死我呀……"

我笑着笑着又忽然想哭,于是快步跑过去。她眼睛不好使,可听觉很敏锐,警觉地问:"谁?"

原谅我也是
第一次为人子女

我吸一口气,扑过去抓住她的胳膊,说:"娘,你猜。"

知心暖语: 亲生父母的无奈舍弃,养母的养育之恩跃然纸上。养母遇到困难向作者求助时,作者无能为力的心情,不仅敲打着作者的心,也让读者为之一震。养母对作者无微不至的养育以及作者的感恩都表明母女的情深意厚。人都有老的那一天,人与人之间的代沟也在所难免,只要我们有一颗感恩的心,对方也能感觉到温暖。此文中,作者的养母虽患有眼疾,但听到女儿叫的一声"娘",这声呼唤,温暖了养母苍凉的心,不是亲生胜似亲生。

妈妈不是用来孤独的

◎ 素猫

01 >>>

坐了从机场开往株洲的最后一班大巴车,到达株洲的时候,已经晚上十点了,我打了个车直奔家里。

到家时,疑心老妈睡了,我直接掏了钥匙开门——2005年,去广州工作之前,老妈特地嘱咐我要带上家里的钥匙,她说,人在外面漂着,有把家里的钥匙,心里就踏实。

钥匙塞进锁孔,轻轻旋转,我推开了门。可是,我的一只手却停滞在了脱鞋的动作上。

房间里没开灯,电视早已没了节目,只余下没有声息的雪花点在屏幕上闪动,灰白夹杂,正映着对面沙发中沉沉睡去的老妈——她蜷缩在沙发上,脚上的拖鞋掉落了一只,还有一只半挂在脚上。

我重重地吸了一下发酸的鼻子,她惊了一下,醒转过来。看到我意外出现,她半错愕半高兴地对我说,怎么招呼都不打就回来了,接着慌里慌张地趿拉上拖鞋,一边走过来接我手里的东西,一边擦

原谅我也是第一次为人子女

嘴角的口水痕迹:"人老了,糊涂了,看个电视都能睡得流口水。"

有些疑问到了嘴边,又被我咽了回去:就在我上飞机之前给她打电话时,她还在电话那头兴高采烈地对我说,她今天刚去泡过温泉,晚上准备舒舒服服睡一觉。很明显她没去泡温泉,是没去,还是根本就没有这个计划?

我心里的疑问还有很多。

02 >>>

从小到大,不管遇见什么事情,母亲总是活得乐观又充实。哪怕父亲患肝癌去世,我也没见过她愁苦满面的样子。

给爸爸料理完丧事,我不顾妈妈的劝阻,把她接到广州住过一阵子。那时候,我跟肖勇恋爱一年多,我们租住在天河区一间一室一厅的房子里。临走前,我要把爸爸的遗像带着,我知道他们俩过了一辈子,爸爸突然走了,她肯定不习惯,带着爸爸的遗像,至少可以让她在想他的时候还能看一下。

我和肖勇工作都很忙,我做媒体,经常要跑到很晚才回家;肖勇做IT,加班更是家常便饭。我怕老妈无聊,特地去装了有线电视,还硬塞给她五百块钱,让她去跟小区里那些老太太一起搓搓麻将。

有天下午,我采访时崴了脚,跟主任请了假回家。还没走到小区的小花园,就听到一帮老太太把麻将搓得哗啦响,间杂着笑语欢声,我想,老妈这下找到组织了!可是当我走近,转头望向那个小花园时,老妈正一个人坐在角落的排椅上,望着几株扶桑花发呆,离她三四十米处,那帮打麻将的老人正在用粤语叽里呱啦地说说笑笑。

我走上前,拍拍妈妈的肩,这时我才发现,她怀里正抱着爸爸的遗像。我想说点什么缓和一下气氛,但是,话却卡在了喉咙里。

起初,肖勇对放在客厅里的遗像没有什么表示,但是一个半月后的一天,他似乎是鼓足了勇气,又欲盖弥彰地指着放爸爸遗像的博古架位置说:"小娟,你说要不要在这里放一盆绿萝啊?"我狠狠地剜了他一眼，同样欲盖弥彰地放大了声音说："不行！"声音放大是为了让妈妈听到。

我不知道是不是这件事最终促使老妈离开了广州。总之，一周之后，老妈回了株洲，临走前，她还给了我两千块钱，我给她的那五百块钱就在里面，原封未动。

老妈再也没有跟我们住到过一起。不过，自从从广州回去，她倒好像变了一个人似的。电话打过去，不是和朋友在附近爬山，就是正在朋友家聚餐，又说要跟随区里的老年模特队去大连表演，她说她这才叫一个如鱼得水，在广州跟着我人生地不熟，但是在老家不同，这里有她交往了大半辈子的亲友。每次听到她在电话那端快活的样子，我的心一下子就晴空万里。她说，她现在想开了，该吃吃，该喝喝，把以前亏欠的日子给补上，我举双手表示赞同。我只怕她孤单，只怕她觉得此生有憾，生活挤得满满当当的才好。

别人都担心老人家空巢在家无所事事，闲出一身病来，只有我，总得打电话回去约束她："玩归玩，身体最要紧啊！"

03 〉〉〉

第二天一早睁开眼，我最爱的牛肉粉已经买回来放在桌上。

"吃吧！"她给我打包，"时间太紧，没什么可给你带的。"她装了一兜干汤粉，又装了一袋子豆丝，都是我爱吃的土特产，把行李箱塞得满满当当的。

出门的时候，她说："不送你去车站了，今天我忙着呢，约了老朋友们去跳舞。"

拖着行李箱走到楼下，我回头看了看楼上的窗户，老妈正站在窗户边注视着我。

九点多的时候，老妈从小区里走了出来。隔着几十米的距离和人群，我偷偷地跟在她的后面。是的，我没走，我改变了我的行程安排，我只想弄明白她的一天究竟是如何度过的。

原谅我也是第一次为人子女

十点,她去了菜场,花了大半个小时在菜场里转来转去,最后买了一小把青菜。出了菜场,她就径直去了江堤公园。早上的江边,风猎猎的,老妈就坐在江边的木头凳子上,看着老年舞蹈队的人跳舞,吃随身带着的苹果。偶尔逗逗路过的小狗小猫,或者和推着婴儿车的老大妈搭上三言两语。

两个多小时里,她一直这样打发着时间。

直到这时,我才知道自己究竟有多傻:家里的几门亲戚早举家随儿女迁去了临海和发达城市,她工作几十年的厂子倒闭后,几个要好的同事来往得越来越稀。我怎么就轻易相信她描述的那些满满当当的生活呢?

一点多,人渐渐多了起来。

这时老妈终于起身活动,她径直走到公园角落里的一个女人面前,看得出来,她们很熟络。老妈顺势坐在她面前的小板凳上,就絮絮叨叨地说开了。隔得远远的,我听不见她在说什么。但是她想要说的话,显然汹涌成潮。

我瞅了瞅周围,除了老妈,角落里还零星地坐着几个年龄不等、面相和善的女人。她们的面前,也坐着一些人,多半是些老人,他们坐在女人面前,焦急地诉说着。

而离我最近的一个女人,她的脚边,立着一个小纸板,上面写着:陪聊天,一小时十五元。

我愣住了。老妈该是有多少话,想说没人可说,又没人可听的?

04 >>>

没有舞蹈队,没有模特队,没有充实得快飞起来的生活,甚至连个坐在对面说说话的人,都不多,原来什么都没有。原来每次讲着讲着电话,她急匆匆地挂断我的电话,也从来不是因为要去玩,而只是不想让我挂心。

我疾步走到老妈面前,刚喊了一句"妈……"就泣不成声了。

她有些手足无措，我拽住她的手就走。后面的那个女人说："哎，还没给钱啊！"我塞给对方一张二十元的票子，拽着老妈朝家里走。我一边走一边哭。

我陪她去菜市场买了菜，挽起袖子下厨房，做了她最爱吃的霉干菜扣肉，又温了一壶老酒。我们面对面喝着。

那天晚上，她睡后，我偷偷打电话订了机票。这一次，我没有征求她的意见，也没有跟肖勇说，但是我笃定了心思，我不能再让她一个人待着，因为来日并不方长，我不想失去她之后再去后悔我没有好好孝顺她。飞机舷窗外的天，蓝得很，老妈靠在椅背上，轻轻睡着了。

我期待着即将在广州开始的新日子，我要和她在一起，一起经历，一起生活，把那些流失的时间，一起，一点点地找回来。

知心暖语： 母亲为了孩子，为了孩子不担心自己，他竟然用了一种极端的方式，那就是谎言，原来，我现在才明白，最虚假的谎言，还能表达最真实的爱，这一切是多么荒谬，又是又是多么令人叹息！母亲善意的谎言有许多种，所谓广场舞，麻将桌，还有那一样并不存在的老闺蜜，她给自己编织谎言，像阿Q一样用精神胜利法驱赶孤独，自我聊慰。我在想，是不是人越老就越像一个孩子一样，天真！每个人都会老去，都会体会到那种刻骨铭心的孤独感，所以，把老人接过来和自己一起住吧，让空巢老人更少一些，愿天下的妈妈们平安健康！

原谅我也是第一次为人子女

◎ 林一芙

上一次和我妈吵架是在大四快要毕业的时候。那时我在医院实习,工作强度太大,以至于我每天闻到消毒药水的味道都有种要作呕的感觉。我在肿瘤内科,每天来来往往的都是重症病人及他们的家属,稍有不慎就会成为病人的出气筒。我习惯了和颜悦色地面对每个病人,在他们歇斯底里时思考最妥当的解决方案,同时在医院老师们面前做最听话的乖学生。

那段时间,我频繁地跟我妈吵架。有时我回到家里,身心俱疲,直挺挺躺在床上。我妈是个老洁癖,从客厅进来随口唠叨了一句:"怎么也不把床单拉平再躺?"我顷刻间就炸毛了,从床上坐起来吼她:"你没看见我刚回来,床单皱一点有什么关系,我才刚刚准备睡,又被你吵醒了!"

大学是我自己任性报读医学院的,那时候年少无知一心只想脱离父母熟悉的领域,才导致了毕业时的纠结迷茫。彼时,我却数落和责怪我妈:"别人的妈妈在高中时就开始为儿女铺路了,你当初为什么不给我建议?""你从来没有为我的未来负责过。"

或许,人在低谷时,不亲手把责任推给另一个人会活不下去,而归罪于身边最亲近的人就成了最便捷可行的方法。我在外越是乖巧,回家越是任性,并且自以为这一切是理所当然可以被原谅的。

渐渐地,妈对我说的每一个字都开始小心翼翼。她对待她的女儿,像对待一个在门口挂着"请勿打扰"的生客。她会偷偷在我包里塞小点心,晚上和我一起讨论电视剧。我想,她一定在暗地里准备了一百种试图让我变得愉悦的方法,却找不到一个奏效的。

那一阶段,我在医院常常吃闭门羹。有时候会向我妈提起,自己好不容易做好了消毒,病人瞥到我实习生的胸牌就要换人。我妈是个特别怕疼的人,后来有一次,她体检回来很兴奋地给我看她手上的针孔:"我今天去体检,人家给我扎了四针才扎进去。"我说,怎么就傻傻让别人扎了四针,可以让她换个人来。"我今天遇到一个和你差不多大的实习生,她问我能不能让她试一下。我看到她就想起你了。我想啊,我现在多给别人一点机会,以后别人可能也会给你机会。"我当下听得鼻头一酸。

我们全家没有人在医疗行业,谁都不清楚这个领域是怎样的环境。我妈就用这样笨拙无效的方法,暗自期待着世界能对她的女儿好一点——就让妈妈痛一点吧,或许有千分之一的机会,上天可以看见,然后回报在你身上。那是我第一次觉得,在为人子女这件事上,我是这样不合格,甚至是零分。

我不知道是不是有很多人和我一样,习惯把父母当成最后的堡垒。以为自己在外厌成一个草包,扎一身长短不一的刺,就可以转过身来扎在父母身上。对外人发泄情绪,可能会因此遭到讨伐。为了避免伤害,我选择一味讨好。可我总觉得在外面受的委屈需要找到一个途径发泄,这时我找到了父母,因为那是我发泄情绪最低成本的方法。

心理学上说,人有一些内在不可见的想法,这被称作潜在信念。

原谅我也是
第一次为人子女

我们在潜在信念里认为，在社会上我们要为自己的所作所为负全部责任。而父母就像海绵，只要不吸纳到极限，他们就会将一切无论好坏地照单全收。

曾经看过童星杨小黎的一个访谈，她说小时候拍哭戏，刚开始导演们都告诉她"你要是再不哭，妈妈就丢下你走了"。但这招越到后面越没有用处，因为她发现每次都说要走的妈妈，总是偷偷在旁边帮她拍照。聪明的孩子从小就知道，父母说两百遍的"你要再哭，我就让大灰狼把你抓走"是永远不会实现的谎言。倘若真的有大灰狼到来，他们只会挡在最前面。

洞察了父母的软肋就是自己，忍不住恃宠而骄地撒泼任性；用妥协的眼光看世界，却用挑剔的眼光看父母，大概是天下为人子女者的通病吧。我妈总是说，很抱歉，没能够帮助你什么，因为我也是第一次为人父母。可是妈妈，请原谅我也是生来第一次为人子女。

知心暖语： 我们习惯把最好的东西给别人，就把自己最脆弱最负面的一面，给了自己最亲的人。因为亲情的付出，在某些人眼中是那么天经地义，理所当然。只有当我们有一天为人父母之后，才能够感受到那份迟来的愧疚。其实友情也好，爱情也好，最终都会变成亲情，所谓的肝胆相照，所谓的山盟海誓，最终都会变成嘴上的寒暄，而心里都过意不去。所以当你某天突然明白你在不断透支亲情时，你所需要的，不再是索取、埋怨、挑剔和怨怼；而是真真切切地付出一回。对父母好一点吧，就像对待自己的孩子一样。

父亲的毕业典礼

◎蔡江舟

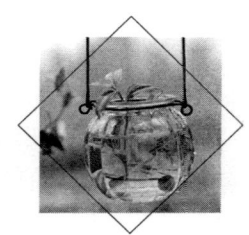

01 >>>

虽然看得出儿子的百般不愿意,他还是去了儿子的毕业典礼。

儿子成绩很好,即使在最好的大学里也算得上名列前茅。他想着一会儿儿子走出大礼堂,穿着学士服,捧着优秀毕业生的证书,他就大老远地喊他一声"儿子",让周围人都看看他有个这么优秀帅气的好儿子。

然后或许他们还可以拍一张照,他带了相机,是单反,刚买的,很贵。

待会儿一定要和儿子拍一张,他美滋滋地想着。

离婚后他整个人的生活重心就是儿子了。

他自己在机关当了半辈子职员,最后也只混到个小科长,领着还算够用的薪水,他知道他这辈子算是到头了,接下来就是领退休金养老的生活。

他也想过再找个老婆,也想过拿出积蓄完成挣脱中年危机的最

原谅我也是第一次为人子女

后一跃，前段时间股市潮也想着要去炒个股赚点钱。

但一想到儿子结婚买房需要他的钱就打消了这些念头。这些年他把钱都藏着，存着，除了每个月给儿子生活费以外没多花一分钱。他知道儿子需要他的这些钱。

他的儿子就要从最好的大学毕业了，儿子一直是他生活的希望，是他的骄傲。

他一定要去儿子的毕业典礼。

02 >>>

脚上穿着一双刚擦了鞋油的皮鞋，他站在礼堂门口向里张望着。陆续有孩子从里面走出来，他热情地帮那些家长和孩子拍照，热情地教他们应该怎么摆姿势。

旁边的爸爸和他一样在张望着，他递过去一根烟，让他待会儿帮忙给他们父子俩拍一张。

手机响了，是儿子的声音。

"爸，我在校门口等你，我从后门出来了。"

"学士服我还掉了，不还不发毕业证书。"儿子这么对他说道，"我们先去吃饭吧，我有点饿。"

他看着短袖短裤的儿子，觉得和想象中完全不一样，心里空落落的。一股犟脾气上来，不肯去吃饭，板起脸，执意要先拍照然后再去吃饭。

"爸大老远跑来都不累，都不叫饿，你理解一下你爸行吗，你们学校哪里最漂亮？"

儿子点了点头，带着他往学校深处走，一路上都在和学校里的同学打招呼，有些羡慕地看着他们结伴出去吃饭唱歌。然后指着一处排着长队的地方说这就是最受欢迎的拍照处了。

有一对情侣，在他的镜头里又亲又抱，他觉得自己的儿子这么帅，成绩又好，在大学肯定谈过恋爱，不知道什么时候会带给他看。

他想着儿子以后结婚一定用得到那些钱，那些钱被他藏在一张银行卡里面，那张卡现在就埋在裤子口袋最深处。

"爸，快来。"

他赶忙上前，把相机给了一个路过的小姑娘。

咔，他笑了，满脸褶。

03 >>>

吃了饭，他自告奋勇地决定帮儿子把东西搬去新家。他试探着问儿子宿舍的东西他们两个人能不能搬得动，结果儿子告诉他所有东西都已经交给物流公司搬好了，现在宿舍已经空了。他愣住了，本来想说他这把老骨头还是挺管用的，生生被噎了回去。

过了一会儿，他又起了兴趣，挺了挺腰，决定去儿子的新公寓看一看。

他觉得他应该去儿子的公寓看看，帮儿子一个忙。这是他的义务。他理所当然的义务。

果然是这样，看着有些杂乱的公寓，他叹了口气，却又长出了一口气。

"被子怎么又不叠？"他板起脸，掩饰住心里的笑意，"还有这里的纸箱子，怎么不扔掉。"

"我不觉得乱，反正我自己这样过得挺好的。"儿子显得有点不耐烦。

"你看你，那个盒子，非要放到床头柜上，你就不能放到抽屉里吗？"

"那个盒子我天天都要用。"

他猛地一拍桌子，咆哮道："这么多柜子抽屉不是地方啊，还在这和我犟，我这不是为你好啊？"

"您倒是说说看放哪儿？这个抽屉里放的都是证件。"

儿子打开一个抽屉，然后又打开一个。

原谅我也是第一次为人子女

"这个里面都是文具。"

"然后那个柜子分三层,这层是冬天的衣服,这层是春秋天的衣服,这层是夏天的。"

儿子打开一个个柜子,柜子里是叠得整整齐齐的衣服、摆放整齐的物件。他每打开一个柜子声音就提高一点,说到最后几个字时几乎咆哮起来。

"您所谓的整洁不过是把所有东西都放到柜子里,也不管哪是哪罢了。我有我自己整理物品的方式,您不要管好吗?每次都是,我放好点什么就来干涉我。现在这是我家,这是我家!"

惊慌之下他摸到了口袋里那张承载着他的一切的银行卡。感觉到说话有了底气,于是重新心平气和地说道:"可你这样不会有小姑娘看上你的。"

儿子笑了起来,撇了撇嘴。

"我不让她到我家来不就行了。您看我衣服那么干净,就别操心这个啦。"

"还犟嘴,还犟嘴,再犟嘴我不给你小子钱结婚。"

"啪!"

儿子摸出一份像是合同一样的东西,拍在桌上。

"爸,我做的那个软件被收购了,卖了 100 万,我不缺钱,您也不容易,您好好养老就行了。"

他一怔,不知道说些什么,后来发生了什么都不知道,浑浑噩噩地就离开了儿子的公寓。

他一直死死捏着那张卡。

04 >>>

回到家,家里空空落落的,一直也只有他一个人。他打开一瓶白酒,剥一小碗花生独酌独饮,怔怔地不知道在想些什么。

喝到第三杯的时候,他觉得不对。

第一章 抱瑜握瑾

　　他告诉自己，儿子一定需要他的那张卡，那张卡里有一百万。他要回去，他要把那张卡给他儿子。他儿子需要这张卡。抖抖索索地走过安检口，老老实实地让相机也过了安检，他弓着背，坐到了地铁上。

　　手机一振动，是同事的祝福，朋友圈多了10个赞。

　　那是他和儿子的合照，配的文字是：

　　"大学毕业，儿子真的长大了，我也终于解放咯。"后面配的是一副咧开嘴的笑脸。

　　他把手机搂在怀里，眼泪顺着他的皱纹流下来，滴在地上。

知心蜜语： 在父亲节的某些留言上，有的人说了这样一句话——我是你一生最好的作品，我长大了，你应该为我骄傲了吧！其实每个父亲都希望儿子能超过自己，但对年轻人有些生活方式，他们也喜欢发表自己作为长辈的意见。你说这是代沟也好，唠叨也好，但这就是最伟大的父爱，还有那张他拽在手中的银行卡，祝蕴可不仅仅是金钱，而是一辈子爱和牵挂的沉淀。有一种爱是悄无声息，有一种爱是磕磕碰碰，甚至是你来我往的小矛盾、小风波。其实生活本就如此，真正的父子之情，也许是永远都解释不清的某种东西。

写给老去的柳小姐

◎ 老的小

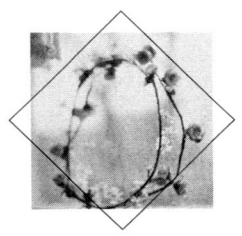

柳小姐：

在你眼里我一直都是情商为负数的菜鸟。你不明白为何如此善于交际的你竟会生出这样一个不善交际的我。其实，我也不明白。就算陪着你去了很多聚会，我依旧不改性情，习惯做聆听者，却极少做发言者。

以为自己足够了解你，可如果你不说，我真不会相信眼前的你，多年前曾在公园铁扶栏上滑旱冰摔得四仰八叉，更不会相信你曾和工程师老爸立志丁克。

小学时问你什么叫大同社会，你一本正经地说："人人以单身为傲，鄙视恋爱，这是社会最高级的形态,需要很长的时间才能实现。"现在想来，你真是预防青少年早恋的专家。

我连续打嗝时，你总会扯一个谎来转移我的注意力。但因为你太会演，所以尽管我知道这条规律，依旧年年上当。

第一章 抱瑜握瑾

"哎，昨天和你一块吃饭的那个男生是谁？别瞒我。"

"昨天？嗝。我没有。嗝。和男生吃。嗝……"

每次把我逼急到完全不打嗝时，你就突然像个疯婆子一样哈哈哈地傻笑起来，然后我就秒懂了，会有一种想打你的冲动。但不知为何，最后还是跟着你一块哈哈哈地笑了起来。

爸工作忙，经常不在家，你既担任母亲的角色，又担任父亲的角色。我哭，你从不安慰："别在我面前哭，到没人的地方去。"这的确符合你的个性。从我出生到现在，家里发生的事不少，可我看你哭的次数不超过三次。后来，像成了一种习惯，我也尽全力不在人前落泪。

你很精明，也很强势，喜欢帮我安排很多事。但"帮"这个词对于我有时等同于操纵。为一些事，我们之间开始出现分歧，逐渐沉默，进入冷战，几天不说话，直到一天清晨，听到你房间里的啜泣声，我回到自己的房间，等你开始做早饭了才踱到厨房，装作与你偶遇的样子，很不经意地，却又分明很在意地说："我……错了。"你沉默，呆立了几秒，然后很用力地给我一个熊抱。其实，从你哭的那一刻我就知道自己输定了，因为我最怕一个只会流血的人为我流了泪。

你常向我抱怨爸爸的种种不是，说自己当年太单纯，才会因为一个人的善良与才华就嫁给他，要不是考虑到我，早就跟他离婚了。从小到大，我都把你这话当真，因此而难过，厌恶自己是没有爱情的婚姻的纽带，甚至计划过一满18岁就劝你和爸离婚，给你自由。

后来我才知道，你和爸爸其实彼此爱得深刻。爸爸有一种突发病，不及时吃药就会休克，和哥们儿喝酒时曾犯过。有次爸爸出差，在一个和你说好的时间莫名失联，两部手机均无人接听。你感觉不对，都快把他手机打爆了，问遍了他所有的铁哥们儿，还是没消息。那一晚，你做了最坏的打算。因为我正读高三，你不敢跟我说。而当第二天一大早，一切安好的爸爸给你回电时，你对他劈头盖脸就

原谅我也是第一次为人子女

是一顿骂。

　　这事是后来你到学校接我时说的,你还一脸骄傲地说:"知道吗?你妈是大雁,是烈鸟,一生只追逐一个人。"我装作很鄙弃的样子:"哟,就你那样。其实当时我差点落下泪来。"

　　不知从何时起,你不再是我欣赏的那个洒脱的女子,越来越像一个心事重重的中年妇女,开始担忧各种事。而担忧的对象,只有一个——我。我是你拼命想保护的人,你想用尽全力给我一个安全的世界。但是,你也是我拼命想保护的人,我也想用尽全力给你一个安全的世界。我希望能实现我爱你比你爱我多一点。

　　记得屠格涅夫《麻雀》一文有这样一个片段:忽然,从附近一棵树上扑下一只黑胸脯的老麻雀,像一颗石子似的落在狗的面前。它全身倒竖着羽毛,惊惶万状,发出绝望、凄惨的叫声,两次向露出牙齿、大张着的狗嘴跳扑过去。我觉得这只掩护自己幼崽的老麻雀,像极了你。

在北方的夜晚想你的女儿

知心暖语: 情商极高的母亲,却有一个情商不是很高的女儿,从常理上讲,可能女儿更多继承了父亲率真善良的一面。我默默地说一句,这和我的家庭非常相像。在母亲的高情商面前,我的一切行为都显得那么幼稚。最重要的是,她是一个极为坚强的人、乐观的人,尽管有些时候她对我的爱更像是一种监管,然而,这何尝又不是一种幸福呢?只是她是刀子嘴,豆腐心而已。其实,文中的我无时无刻把她作为我的偶像,但是在我心里,就是不说而已。每个人都会老去,母亲也会一样,如果母亲不嫁给父亲,如果她以财富、独立、名誉为选择标准,换句话来说,这是妥妥的女强人的节奏啊。但母亲无怨无悔,她以她独特的方式,教我成长,能换来我的成熟,这或许是他这辈子最大的幸福。有此母亲,此生足矣!

妈,我真的不喜欢你把肉让给我

◎ 布乖

不知道你们有没有跟我一样的体验:据我爸说,我在的时候,家里的饭菜总是特别丰盛。比如今晚,一家三口围在一起,桌上是标准的粤式三菜一汤。当中的主角,当数那道人见人爱、老少咸宜的可乐鸡翅。

8个色泽诱人的鸡翅摆在眼前,我解决了3个,留着爸妈的份。我确实吃够了。但是,等饭菜没了一半,那5个鸡翅才被我爸夹走了一个。我下意识地说:"妈,吃鸡翅啊。"我妈回应:"行了,我吃其他的菜就好,你多吃,把剩下的吃完吧。"我夹起一个放在她碗里:"我想吃会自己夹啦,你多吃才对。"没想到我妈硬是把鸡翅又放到我碗里:"你喜欢吃嘛,来,你吃。"结果,好好的几块肉,你推我让几个回合,反而显得无比尴尬。

类似的场景,无数次在饭桌上重现。

每当这一幕重演,我总是隐隐地感觉到不太舒服。

说句老实话,我不喜欢爸妈把肉让给我吃,发自内心地拒绝潜

原谅我也是第一次为人子女

藏在这一块肉下面的"我比他们更重要"的内在逻辑。

什么情况下我们会"让"？大多数的情形，是我和你想要同样的东西，可是它不够，而你认为我的需求优先，于是你"让"给我。"稀缺性"和"优先级"这两个条件，使得"让"成为父母长年以来体现对孩子的爱的一种方式。尤其是在那个物质比较匮乏的年代里。想想在"民以食为天"的中国，他们愿意把最好的让出来，以一种"割爱"的方式表达爱。

于是，小时候就有人说，在吃鱼肉的时候，要感谢正在啃鱼骨的爸妈；在啃鸡腿的时候，要感恩咽下鸡屁股的爸妈……

但是，我渐渐发现，鸡屁股其实可以扔掉，肉不够下次可以买一只更大的鸡；鱼骨头其实也可以不用啃，肉不够可以多买一条鱼。

发现了没有？随着生活水平的提高，有一些"让"，其实不那么必要。

如果说"稀缺性"和"优先级"成就了"让"背后的爱，那排除了"稀缺性"之后的"让"还剩下什么呢？——爸妈始终认为我比他们更加重要。在他们深信的"优先级"下，即使生活中的资源已经不那么稀缺，依然停不下单方面的付出和让步，而这一口肉只是他们所有付出的冰山一角。

问题在于，这一些"让"，我想不想要呢？

当我想吃鸡翅的时候，我可以买，可以煮，也可以像今天一样，自己夹。

但如果爸妈的付出超过了我的需要，这一种无条件的让步和付出，便渐渐成为压力。当我可以独自处理学习、找工作、找伴侣等问题以后，各种无条件的关照和让步，多少显得有点尴尬。就像那一口肉，你无条件地让出来，我感激，但我真的吃饱了啊。这一块肉背后的"付出感"，我又该不该接受呢？

当然，看到这里，估计会有人说，爸妈这种让步，归根结底还是因为爱，是天性啊，多少年来中国家庭都是这样子的，你一个身在福中的年轻人怎么就不领情了呢?

写下这些文字,其实无关是否感恩与领情。

我也知道,这种无条件的"让",这种他们深信的"我比他们更重要"的逻辑,估计我这一辈子都没有办法改变。

只是,我,一个生长在城市的90后,真心地希望爸妈能把自己的生命价值看得更重一些。

妈,你把肉让给我。

那些你所爱的菜,放开吃啊。那些你所爱的周末娱乐,尽管去享受啊。相比起一辈子被捧在手心,其实我更希望我们像朋友一样各自过自己的人生。

如果有一天家里连肉都没有了,只剩一口米,我宁愿大家一起喝粥,而不是我吃饭,你喝汤。

知心暖语: 有很多故事讲到母亲爱吃鱼头,父亲爱吃鸡屁股,这样的鸡汤暖文,相信我们小时候读到过很多,而事实上,我们经历的同样的故事更多。由于物质的匮乏,由于生活的艰辛,使得稀缺性和优先级总是相生相伴,而故事的发起人总是我们的父母,故事的受益者真是我们自己。儿女无论长到多大,在父母眼中他们永远都是孩子,他们永远比自己更重要,普天下的父母莫不如此。而在物质生活日益充足的今天,这种稀缺性带来的让的故事,仍然在不断重演,只是版本和内容,有的更多的不同。儿女倒希望这种故事可以延续下去,让做儿女的继续相信父母之爱的伟大,这种让儿女可以不要,但一定要为之久久地感动。

原谅我也是
第一次为人子女

母亲是菩萨，内心有力量

◎陈坤

母亲在厨房里切菜，是我熟悉的背影。

下午两点多，阳光极好。窗外穿梭车辆的反光，透过窗户打在厨房的墙壁上，映出一幅流转的光影。母亲刚好站在这束光影里，光的流动忽快忽慢，像一只旋转的经轮。

我呆呆地站在母亲身后，被这一刻的美妙摄住了魂魄，瞬间又落入无常的恐惧中。

我不是一个在感情上婆婆妈妈的人，又是修行人，却在此刻，想用一切念力留住光阴的刹那！母亲有一天会离开我，这种念头的闪过，是一切有情生命都无法承受的吧。

母亲的背影恬静、坚强，在时光的背景里一如寻常。

幼年时家里穷，每到我过生日，也是这样的背影，在狭小整洁的厨房里忙碌着，尽其所能给我煮一碗精致的长寿面。

很多年过去了，生活的变化难以预料，母亲的背影没有变。

这些年过生日，母亲总想给我张罗一桌子饭菜。我说："妈，不用忙，给我下一碗面就好，我最爱吃您煮的面条。"母亲笑了："我煮的面哪里有这么好吃。"然后转身进了厨房。母亲不知道，她亲手煮的面条，是儿子一路走来的定心丸。

母亲话不多，喜欢安静地待在一个角落，不管房间里有多少人夸夸其谈，她总是笑眯眯地听着。母亲似乎没什么出众的才华，也没有急于表达的观点。可是，每当我疲惫烦躁的时候，只要在母亲身边安静地坐下，只一小刻的工夫，身体里就能充满能量。我从来没有告诉过母亲：妈妈，你才是内心有力量的人。

母亲的手柔软圆润，像她与世无争的性格。但是，只要牵着我和弟弟，这双手就变得强大起来。小时候过中秋节，吃月饼是一件奢侈的事情。我记得那时候一块月饼五分钱，我和弟弟眼巴巴地看着，知道我们吃不起。有一年过中秋节，母亲忽然变出一块月饼，分给我和弟弟吃。两个小家伙并不知道，母亲连续两个中午没吃饭，才攒下这块月饼钱。

弟弟两三岁的时候，还有尿床的习惯。母亲夜里来不及换床褥，就把弟弟一把抱过来，换到干燥的地方，自己睡在潮湿的被褥上。记忆里这样的夜不计其数，母亲在吃苦的岁月里落下了一身的病。

多年以后和母亲聊起童年，她依然会在某个回忆里流泪，然后微笑着感叹人生的奇妙，最后不忘提醒我：做人要知足感恩。

母亲信任我，见我终日忙忙碌碌，从不多问什么。偶尔从外界听到攻击我的言语，母亲也总是笑一笑，一如往日般平静。只是眼角微微向上翘的笑纹，随着岁月的流逝，渐渐地深了。

2011年，我正在西藏行走，母亲因为一个手术，住院一周治疗。她不让家人告诉我，怕我分心。从拉萨回来赶到医院时，一眼见到穿着病号服的母亲，比往日虚弱些，有些老了，我的眼眶红了。从小到大，母亲是我们的依靠，永远是我们跟她撒娇喊累，从没听她抱怨过一句。母亲的性格就是这样，习惯一个人默默地承受。

从那以后，每次打电话给母亲，总要听见她挂断电话的声音，

原谅我也是第一次为人子女

我才安心摁掉电话。

母亲陪伴我的这份情,不知何以为报。

家中常供度母像,我一直相信,母亲是菩萨。

今天因为我的突然回家,母亲又忙碌起来。一边埋怨我没事先告诉她,一边不停手地切菜烧汤。厨房里的烟火噼啪响着,熟悉的香味蹿进鼻子。

我要在母亲转身之前,将眼眶里的泪一点点蒸发掉,将鼻子里的酸楚一点点退去,就像什么都没发生过一样。

知心暖语: 人说大象无形,大音希声。母爱的伟大不是狂风暴雨,不是急流宛转,还是润物无声,温润如玉。母亲是一个普通的小妇人,在别人的眼中,她的存在感并不强,但女为母则强,她舍弃了自己,成全了家人。母亲在孩子们的心中,幻化成了菩萨一样的人物,她用她的一生,给我们上了一堂长长的修行课程。一碗面条,一块月饼,一缕灶台上升起的油烟,这暖暖的人间烟火气象,氤氲了我的眼睛。清泪两行,柔而有光。

他是我爸爸,我才伟大

◎李健

记忆中我的父亲在我面前只流过两次眼泪,一次是有一年从北京放假回家时,我跟父亲说我给爷爷带了一件礼物,他告诉我爷爷去世了,我看到他流下了眼泪。还有一次是他得了癌症之后,要做手术,我和姐姐凑齐了钱去交费时,他感动得哭了,他说孩子们懂事了,给孩子们添麻烦了。这让本已焦虑的我心如刀割。

我把当时仅有的几万块钱全拿出来了,我意识到,有些时候钱是那么重要。随后他的病情每况愈下,生命的最后阶段,我送他回哈尔滨。火车上,他已经很虚弱了,每次去洗手间都要我搀扶或者背着他,我一宿没怎么睡觉。记得当我背着他时,他说了句,原谅爸爸。那一瞬间,我强忍住了泪水。他太客气了,竟然对自己从小背到大的儿子客气,而我只是背了他几次而已。

尽管我看不到他的表情,可我知道那是我熟悉的表情,我深知这句简单的话里的含义,有内疚、有感激、有牵挂,更有不舍……当时我的歌唱事业没有什么大的起色,他一直担心我的生活。多年

原谅我也是第一次为人子女

以后,我偶尔会想起这个场景,想起这句话,常常不能释怀,就像落笔的此刻,我的眼泪又夺眶而出。

多年前,我曾经写过一首叫《父亲》的歌,里面写道:你为我骄傲,我却未曾因你感到自豪,你如此宽厚,是我永远的惭愧。

去年我重新录制了这首歌,在最后加了一句:我终于明白在你离去的多年以后,我为你骄傲,当谈起你的时候……我知道了,我为他感到骄傲的,是他对生活的隐忍和对家庭的忠诚。

如今,我们三个孩子都生活在北京,母亲如候鸟般往返于哈尔滨、北京和海南。她在孤独中寻找快乐,寻找能让她过下去的生活。人生终究是残酷的,母亲步入这样的年华后开始面临着更多的意外的告别,她的父母和兄弟姐妹中也陆续发生着生离死别,有时想想我真为她担心。

现在,每当我取得什么成绩时,她在高兴之余常常会说,要是你爸还活着该有多好。前些天,她看我的电视节目,当我唱完一首歌,她一个人对着电视机激动得鼓起了掌,还连声喊道:好好好!她把这些当作有趣的事情告诉了我,听后我也乐了,可随后心里涌出一丝悲凉。是啊!要是父亲还活着该有多好,那鼓掌的就不是她一个人了,他们俩一定会热烈地讨论,我甚至可以想象他们谈话的内容。

只是,我想象不出父亲如果活到现在时的面容,在我的记忆里,他最后定格的样子远远年轻于现在的母亲了。

知心暖语: 都说父爱如山,这句话其实很沉重,任何一个父亲,都要承受山一般的压力。这世俗的眼光中,父亲可能是事业无成的那种,但他的隐忍、忠诚和付出,不逊于任何一种伟大。父亲英年早逝,因为我是深深的遗憾和追思,斯人已逝,音容宛在,他的一切仿佛还活着,成为我的精神动力和创作源泉,在我和母亲的心中永生。树欲静而风不止,子欲养而亲不在,所有的一切都化成了怀念和祭奠,在天体中永存。

第一章 抱瑜握瑾

每个人心中都有关于父亲的一首歌或一首诗,写下来吧,趁他们还健在!

原谅我也是
第一次为人子女

鸟妈妈

◎ 关羽

妈妈来电话:"能找点养鸟的书吗?"

我说不好找,其实是不想让她养那么多鸟,但我听见电话里的声音变了声调,好像生气了,连忙说:"好,我找,我找。"

我理解妈妈,我们都从她的身边飞走了,她的房子和她的心都是空的了,没有事做,养养鸟也好。鸟吃得不多,不像我们;鸟可以在笼子里,永远也不飞,这也不像我们;鸟儿会唱歌给她听。不像我,只有回家要钱时才叫一声"喂"。

你一定奇怪,世上怎么会有人管自己的妈妈叫"喂"?

不要奇怪,我知道世上的孩子,大多是伴着妈妈长大,喊起妈妈来,自然又自然,而我曾与妈妈九年不见,小小脑子里早已丢失了对母亲的称呼,只好以"喂"代替:"喂,有钱吗?""喂,饭好了吗?"——那个"喂"字,成了与妈妈沟通的桥梁,只要一"喂",想要的就来了。妈妈是宽容的,存放在她心里九年的爱,一朝释放,就变成了放纵和姑息。她笑纳了那个"喂",满怀喜悦地听我们呼来唤去,仿佛这个世界上,本可以有这样称呼妈妈的。

　　妈妈养了很多鸟儿,每天起床,妈妈总是先到她的鸟房里去,那个小小的房子会因为她的到来而热闹起来,妈妈便能从那叫声里分出哪个饿了、哪个昨夜受了凉、哪个要产卵、哪个已经下了蛋,便一一地表示满足和鼓励。而那对相思,妈妈说,它们闹情绪呢,沉默不语,一定是包办的婚姻。忙完这一切,便静静地走开。我知道,我知道,妈妈匆匆的脚步告诉我,她最牵挂的,还是那只丑陋的八哥。

　　妈妈总是在八哥的房子里久留,每次回家,开门时见不到妈妈,总能在八哥的房子里找到她,最酷的是八哥,仿佛鸟类的哲学家,会飞翔的律师,那袭黑衣与众不同,沉默的样子更让人觉得博学,只是——

　　"只是什么呢?"妈妈问。

　　"只是,"我说,"这家伙看上去很冷漠,好像不喜欢这里。"

　　妈妈笑了:"你怎么知道?"

　　"你看别的鸟儿,个个是歌舞高手,它呢?整日沉默不语,一副怀才不遇的样子。"

　　"它会说话,你不知道,我每天都听它说话。"

　　"它对你说什么呢?见了我,为什么不说了?"

　　妈妈便沉默。我不懂妈妈的沉默,想问,但想那也许是妈妈的秘密,就不问了,也许那个八哥,在妈妈面前,像诗人一样善言,就像我,在自己面前,就变成了诗人一样吧。可我仍是时时想起,那个黑色的精灵,会对妈妈说什么呢?

　　什么样的话儿,会让妈妈那么喜欢它?

　　可我仍是不喜欢它的,它黑色的羽毛,让我想起童年的夜;它的沉默,让我想起了我遇到过的种种拒绝。

　　去新疆的命令下来以后,我就要离开妈妈,去万里之外的沙漠了。我报了名,批下来了。

　　妈妈不让我去,但知道拦不住我,况且她信了我的话,说几个

原谅我也是第一次为人子女

月就可以回来。我对她说:"新疆是个好地方。"你听过《吐鲁番的葡萄熟了》吗?就歌里唱的那个地方,妈妈笑我:"别骗我,我还不是地理盲,我知道塔里木在哪里。"

是啊!塔里木在哪里?在她看不到的地方,但是她知道,从此更加知道,地球上有个遥远的地方,叫塔里木。

临走时妈妈对我说:"小心。"

我便走了,这样走了,没有回头看瘦小的妈妈。有风吹起了我的发,我看到了那个天涯。我走了,走出门去,朝着和妈妈相反的方向,走了,我听见了有人叫我的小名,四毛——

我听见了,我便又走回去,看流泪的妈妈,理着她额头的白发,抱她。这时我才看见了妈妈肩上那只神秘的八哥。它飞了起来,飞了起来,我听见它清清楚楚地叫了一声——

妈妈!

知心暖语: 亲情就像一条红带,维系着浪迹天涯的游子,有时候迟到的母爱,只是冲淡了亲情的表达,反正加深了内心的呼唤。我多想喊你一声妈妈,而母亲啊,也在等的那一份——久违的表达。于是那只八哥,就成了我的替身,哪怕它只会简单的模仿。直到有一天我出门远行,感情如鲠在喉,万箭穿心,相信这一幕,相信这一幕我们都不会陌生,我们欠下亲情的债,岂止一声妈妈才能表达!如果是我,我会猛然转头,抱头痛哭之后,叫你一声——"妈妈"。

隔壁的父亲

◎ 周海亮

父亲敲门的时候，我正接听一个电话。电话是朋友打来的，约我中午小酌。我从父亲手里接过一个很大的纸箱，下巴上，还夹着电话。

我对父亲说，朋友约吃午饭，不过，不着急。我打开纸箱，里面塞满烙得金黄的发面烧饼。

这才想起又该七月七了。我们这里的风俗：七月七，烙花吃。花，即发面烧饼。

和父亲喝了一会儿茶，电话再一次响起。我跟父亲说，要不一起过去？父亲说："这怎么行？我一个乡下人，怎好跟你的文化圈朋友吃饭？"我说："那有什么，正好把您介绍给他们。"父亲一听更慌了，说："不去不去，那样不仅我会拘束，你的朋友们也会拘束。"我说："您如果真不去的话，我也不去了！当爹的进城给儿子送烧饼，儿子却没管饭，等我回村，别人还不把我骂死？再说，我早就想跟您吃顿饭了。"

原谅我也是
第一次为人子女

　　费尽九牛二虎之力，终于和父亲达成协议：偷偷在那个酒店另开一个只属于我和父亲的小包间。这样，我就既能够不驳朋友面子，又能陪父亲吃一顿饭了。父亲倒是勉强同意，但路上还是一个劲地嘱咐我别点菜，就要两盘水饺，每人一盘，聊聊天。去时，小包间正好被安排在朋友请客的大包间的隔壁。我没敢惊动朋友，悄悄帮父亲点好菜，又对父亲说："等菜上来，您慢点吃，我去那边稍坐片刻，马上回！"

　　做东的朋友一连敬酒三杯，废话连篇。我挂念着隔壁的父亲，心里有些着急。我说："要不我先敬大伙一杯酒吧，敬完我得失陪一会儿，有点事。"朋友说："给一个说得过去的理由，就放你走，否则，罚你六杯。"我笑笑，说："我爹在隔壁。"

　　满桌人全愣了。

　　我说："今天我爹进城给我送烧饼，我把他硬拉过来。让他过来坐，他死活不肯。现在他一个人在隔壁，我想过去陪他一会儿。"

　　朋友们长吁短叹，说："你爹白养你这个儿子了，在隔壁给他弄个单号，你这算什么？虐待他？你愣着干什么，快请他过来啊！"

　　我说："他肯定不会过来。如果你们不想让他拘束、让他难堪，就千万不要拉他过来。"

　　朋友说："那我们现在过去敬杯酒，这不过分吧？"

　　我说："这挺好。不过你们真想敬他一杯酒的话，就一起过去。千万不要一个一个敬啊！他喝不了多少！"

　　朋友们全体离桌，奔赴隔壁。然而推开门我就愣住了，房间里只剩一个埋头拖地板的服务员。我问："刚才那位老人呢？"服务员说："早走啦！你点的菜，也都被他退啦！不过他还是打包带走一盘水饺，他说，想给乡下的老伴尝尝城里的水饺。"

　　父亲进城一趟，送给我56个烧饼，一兜大蒜，一兜土豆，一兜菜豆，一兜韭菜，两个丝瓜，八个南瓜，然后，在一个小包间里独坐一会儿，再然后，饿着肚子回家。而他的儿子，却在隔壁与一群朋友吹牛扯皮、胡吃海喝，还美其名曰：周末小酌。

我端起杯，对朋友们说："咱们敬我父亲一杯吧！朋友们一起举杯，这杯酒，就干了。"

但我的父亲，既不会看到，更不会知道。此时，他正坐在开往乡下的公共汽车上，怀里抱着一个装了城里水饺的饭盒。

知心暖语： 感同身受的经历：一位是自谓为乡巴佬的父亲，一位是事业有成、呼朋引伴的儿子，这恐怕是当代许多父子之间的写照。父亲勤劳、本分、爱面子，他宁愿永远站在儿子背后，做他的守护人。父亲的土，父亲的倔强，父亲的节俭，让他在这个物欲横流的世界，成为一种清流，让年轻人浮躁傲娇的心灵，得到一种警示。这种父亲进城的故事，版本有千百种，但感动只有一个，一杯薄酒，倒映着的是父亲佝偻弯曲的背影，喝下去的是酒，流出来的是热泪。

【第二章】大雅宏达

DI-ER ZHANG　DA YA HONG DA

第二章 大雅宏达

只想和你接近

◎ 吴念真

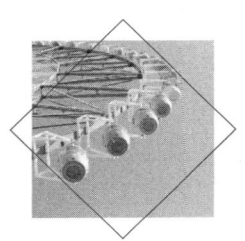

直到我十六岁离家之前，我们一家七口全睡在同一张床上，睡在那种用木板架高铺着草席、冬天加上一层垫被的通铺。

这样的一家人应该很亲近吧？没错，不过，不包括父亲在内。

父亲可能一直在摸索、尝试与孩子们亲近的方式，但老是不得其门。

同样的，孩子们也是。

小时候特别喜欢父亲上小夜班的那几天，因为下课回来时他不在家。因为他不在，所以整个家就少了莫名的肃杀和压力，妈妈准确的形容是"猫不在，老鼠呛须"。

午夜父亲回来，他必须把睡得横七竖八的孩子一个个搬动、摆正之后，才有自己可以躺下来的空间。

那时候我通常是醒着的。早就被他开门闩门的声音吵醒的我通常装睡，等着洗完澡的父亲上床。

他会稍微站定观察一阵，有时候甚至会喃喃自语地说："实在

原谅我也是第一次为人子女

啊……睡成这样！"然后床板轻轻抖动，接着闻到他身上柠檬香皂的气味慢慢靠近，感觉他的大手穿过我的肩胛和大腿，整个人被他抱了起来放到应有的位子上，然后拉过被子帮我盖好。

喜欢父亲上小夜班，其实喜欢的仿佛是这个特别的时刻——短短半分钟不到，却完全满足的亲近。

或许亲近的机会不多，所以某些记忆特别深刻。

有一年父亲的腿被落磐压伤，伤势严重到必须从矿工医院转到台北一家外科医院治疗。

由于住院的时间很长，妈妈得打工养家，所以他在医院的情形几乎没人知道。某个星期六中午放学之后，不知道是什么样的冲动，我竟然跳上开往台北的火车，下车后从火车站不停地问路走到那家外科医院，然后在挤满六张病床和陪伴家属的病房里，看到一位毫无威严、落魄不堪的父亲。

他是睡着的。四点多的阳光斜斜地落在他消瘦不少的脸上。他的头发没有梳理，既长且乱，胡子也好像几天没刮的样子；打着石膏的右腿露在棉被外，脚指甲又长又脏。

不知为什么，我想到的第一件事，竟然就是帮他剪脚指甲。护士说没有指甲剪，不过可以借我一把小剪刀。然后我就在众人的注视下，低着头忍住一直冒出来的眼泪，小心地帮父亲剪脚指甲。

当我剪完父亲所有的脚指甲，抬起头才发现父亲不知道什么时候已经睁开眼睛看着我。

妈妈叫你来的？不是。你自己跑来没跟妈妈说？没有。直到天慢慢转暗，外头霓虹灯逐渐亮起来之后，父亲才再次开口说："暗了，我带你去看电影，你晚上就睡这边吧！"

那天夜晚，父亲一手撑着我的肩膀，一手拄着拐杖，小心穿越周末熙攘的人群，走过长长的街道，去看了一场电影。

那是我人生中第一次一个人到台北、第一次单独和父亲睡在一起、第一次帮父亲剪脚指甲，却也是最后一次和父亲一起看电影。

片子很长，长到父亲过世二十年后的现在还不时在我脑海里上演着。

知心暖语： 人说贫贱家庭百事哀，贫寒给了我们生存的动力，也让那份亲情弥足珍贵。我和父亲的情感表达，从来都不是通过物质来进行，就像他上夜班回来之后，轻轻地帮我挪睡姿，那是父亲留给我的最温馨的印象。于是多少年后，一把小小的剪刀，一场普通的电影，在牵手投足和光影轮回之中，我完成了这份爱的转移。只要心中有爱，冥冥之中，总会有一种默默的方式，予以呈现，父爱亦如此。

原谅我也是第一次为人子女

鳝鱼骨里的妈妈滋味

◎林清玄

小时候,我家门前的"亭仔脚"(就是屋檐下),摆了一个鳝鱼摊子,专卖炒鳝鱼和鳝鱼面。

摊子黄昏才开张,正是我放学返家的时间,远远就会看到爆炒鳝鱼的大烟,嗅觉似乎与视觉同时抵达,香味猛然飘进我的鼻子,把我勾到摊子前面,我便低着头绕过巷子,回到家里。

为什么要低着头呢?

因为炒鳝鱼的价钱很贵,我们根本吃不起。

不要说炒鳝鱼,连鳝鱼面也吃不起,我们家兄弟姐妹很多,一人吃一碗面,恐怕是一星期的饭钱了。

妈妈经常向卖鳝鱼的妇人央求拜托,杀了鳝鱼剩下的骨头,一定要留给我们,妈妈深信鳝鱼的骨头布满钙质,还有各种维生素,对我们这些正在成长的孩子,大有帮助。

每天晚上,妈妈总会从鳝鱼摊提回一大袋的骨头,洗也不洗就丢到大锅里熬煮。

为什么洗也不洗？

因为，妈妈说鳝鱼骨头上还带着鲜血，那是最为滋补的，洗净多么可惜！

熬过两三个小时，鳝鱼骨头几乎在锅中化完，汤水变成咖啡色，水面上浮着油花，这时，妈妈会撒一把葱花，关火。

鳝骨汤熬成时，夜已经深了。

妈妈把我们叫到灶间，一人一碗汤，再配上她在另一家面包店要来的面包皮，在锅里烤热了，变成香味扑鼻的饼干。

我们细细地咀嚼面包皮，配着清甜香浓的鱼骨汤，深深感觉到生活的幸福。

只要卖鳝鱼的来摆摊，我们一定会喝鳝鱼骨汤，奇怪的是，我从来没有喝腻过，而且一直觉得这是人间至极的美味。

妈妈担心我们会吃腻，有时会在汤里加点竹笋，或下点蛋花；有时会用豆腐红烧，或与萝卜同卤……固然用的都是普通的食材，却布满美味的魔术。

最神奇的，算是炸鳝鱼骨了。

鳝鱼骨本来是歪曲扭动的，下了油锅时忽然被拉直了，一条一条就像薯条一样，起锅时撒一些胡椒盐，香、酥、脆，真是美味极了。

我吃了好几年的鳝鱼骨头，一直到我到外地念书。偶然回到乡下，喝到妈妈亲手熬的汤，总是觉得美味如昔，心中更是布满感动，妈妈把深情与爱熬进了那平凡的汤里，使我们身强体健，在普遍营养不良的乡下孩子中，我们总是气色红润，精神饱满。

也许是小时候吃不到鳝鱼，长大之后，只要到馆子吃饭，看到有卖鳝鱼的，总会点两道来吃，一边吃一边怀念起那一段艰苦的岁月。

只要有爱，就是无价的。

妈妈早已离世，在异国的雪夜中，我想到再也喝不到清炖的鳝鱼骨汤，再也不能，一口一口，细细体会妈妈的深情。

想着想着，我的眼泪一滴一滴地落下，像窗外的雪花。

原谅我也是第一次为人子女

知心暖语： 雪夜忆母，身在异国，最爱思乡。乡情最浓的，莫不过来源于母爱，点点滴滴，一丝一缕，纯绵厚重，百般滋味。有人说妈妈的味道是太阳的味道，那是因为儿时的被褥都是母亲亲手晒的。母亲用求来的鳐鱼刺骨熬汤，也把妈妈的滋味熬进汤里。深夜喝汤，母爱温暖着全家；变换花样，母爱融魔术以灵魂。即使多年后，回乡再喝，美味如昔。母亲不在，滋味入胃。母爱无价，无法回报，只有刻骨铭心的记忆。

妈妈,你什么时候"死"

◎安宁

她一直忙于工作和学业,儿子一生下来,便送回了山东的老家,由父母代为照顾,只有过年过节的时候,她才匆匆回去一趟,与儿子团聚。

所以小小的孩子,一直将她当成一个图画册里的"妈妈"的符号,见到她的第一天,总是不远不近,好像家里突然来了一个让他觉得陌生的客人,想要亲近,却又怕会打扰了这个处处向他示好的客人。早晨起来便不见了人影,只听见门外有他的喊叫声,很快乐的样子,犹如一只小鸟在巢穴上空飞旋啁啾,知道那里有父母在,所以便叫得格外欢畅。

小镇不像城市车水马龙,知道他在外面与小朋友飞奔,走不丢,所以尽管很希望他能陪她多待一会儿,但也不怎么去找他,任他像一匹脱缰的小马,与伙伴们在自己的小天地里逍遥。有时候他会频频地扭头,朝门口望去,假若可以看到她站在那里,他会玩得更加起劲,好似在舞台上,人家给点掌声,他便得意扬扬,表演得愈加

原谅我也是
第一次为人子女

惟妙惟肖。却不会再看她第二眼，好像这一看的力量，便足以支撑他到最后的曲终人散。

这当然是她的猜测。事实上每一次分别，他都表现得非常冷淡理智，甚至有些无情。他很少会出来为她送行，任外公外婆怎么劝说，他都躲在屋里，看动画片，或者跑到小伙伴家里去，拉也拉不回来。她常常为他这样的举止觉得难过，想着终究是没有在自己身边，心都离得那么远。甚至有一次，他的爸爸去了爷爷家里，他不明白，问外婆，爸爸为什么一回来就走？外婆笑着解释：宝宝想和自己的爸爸在一起，可是宝宝的爸爸也要和自己的爸爸在一起呀。他歪头想了片刻，恨恨道：那就让他和自己的爸爸待得够够、够够的！

她只当是童言无忌，并不介意，可是几个月后，她再回去，吃饭的时候，他突然当着所有人的面，张口问她：妈妈，你什么时候"死"？一家人都吓了一跳，外公伸手打他屁股，说：臭小子，怎么能咒你妈妈！他忍不住哇一声大哭起来，却不再说话，只抱住外婆的脖子，像一只受了委屈却不知道如何倾诉的小狗。

晚上从母亲那里得知，几个月来小镇上相继有五六位老人去世，他站在人群里，跟着大人看那些死去的人被抬出去，送进火葬场，便总是一脸的紧张和恐惧，似乎，与自己相关的人，也会在某一天被人抬走，且再也不会回来。包括他心爱的外公外婆，还有爸爸妈妈。

第二天晨起，她隔着一堵墙，听见他在外面的胡同里，正与小伙伴们玩耍，声音非常响亮，不知是谁问他：宝宝今天怎么这么开心呀？他几乎是迫不及待地、炫耀似的冲那人喊：我妈妈回来了！我妈妈从北京回来了！

他似乎有些答非所问的回答，却让她的心倏然柔软下去。

直到这时，她才终于明白他昔日的种种冷淡，明白她每次离去，为何他那么决绝地不去送她；明白他问她何时会"死"，只是因为想要她活得更长一些，他不过是用这样的方式，来表达他小小的心里满得盛不下却又无法让外人看到的爱与不舍，还有孤单与忧伤。

第一章 大雅宏达

而她，却那么自私地为了所谓的工作，让如此小而脆弱的他，便要与死亡、离别和思念，无助又固执地抗争到如今。而就是在那一瞬，她做了决定，不管怎样，要陪着幼小的他，找回属于他的温暖。

知心暖语： 死亡是恐怖而不愿被人接受的必然结果。当"死"字从孩子口中冒出来，令人猝不及防。幼小的心灵需要父母呵护。父母不在身边的孩子，似乎格外敏感。别人家的团聚，别人家的欢乐，都成为梦中的情境。亲临了丧葬的场面，会感觉父母也会离他而去。可是，他与父母聚少离多。如果有一天，父母真的去了，那不是太可怕了吗？幼小的心灵认为死亡是能够预知的事情，于是，他迫切想知道，妈妈什么时候死。其实，他是真的希望，妈妈永远不要死。童言无忌，然听之肠断。

原谅我也是
第一次为人子女

妈妈，你会勇敢地活下去吗

◎艾晓雨

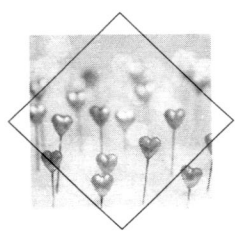

那场灾难，来得突然，且气势汹汹，连让她喘息的机会都没有。从发病到医院下发死刑宣判，不过短短的一周时间。

她把自己关在屋子里，想了三天三夜。第四天，去原单位办理工作交接手续。第五天，买了一张飞往北京的机票，并在那里买了一大堆的中草药。那天晚上，她带着那些大大小小的药包坐上飞往老家的航班。

带着满身的疲惫与委屈，她敲开家门站在母亲面前时，已是深夜。她原以为母亲看到她会有满脸的惊讶，却不料母亲竟是那般平静。

"说说吧，发生了什么事？"母亲的声音不高，平静得有些不近人情。

"你看看吧。"她轻轻地把医生的诊断书推到母亲面前，她到底还是哭了。

母亲拿过了那张诊断书，看一眼，再看一眼，就放下了。那一刻，她不敢抬头，不知道母亲脸上的表情，可她却很快听到了母亲清晰有力的一句:"一切等明天再说。"

第二天凌晨三点钟,母亲蹑手蹑脚起床,外出。天亮时,母亲带着一个煎药壶从外面回来。"我们先试试你带回来的这些中药。"

药很苦,喝得她直反胃。她摇头说,不喝了吧。母亲的脸就沉下来:"喝下去,你还有一分希望;不喝,等着你的只有死。"

隔几天,母亲从外面推回一辆轮椅。她的病情发展得太快,几天前走回母亲身边的她已经不能下床。

"中药不管用,我们去试试西医吧。"母亲多方打听最好的医院,筹集她的医药费。一切准备就绪,她和母亲,一起踏上了去北京治病的征途。

母亲的第一次崩溃,是在她们去北京之后的第一个夜晚。医生说:"想治疗,首先要戒掉止疼药,不然止疼药也能把你毒死。"她得活着,她答应了医生的请求。那个晚上,她被疼痛折磨得死去活来,母亲哭了整整一个晚上。

开始化疗,病情却继续在恶化。疼痛,呕吐,她躺在床上,吃喝拉撒甚至连轻轻地翻一个身也不能够。她的病床前,只有母亲。一夜要为她翻数次身几乎不能合眼。天气好的时候,母亲还要艰难地把她背到楼下去晒晒太阳。为了哄她开心,母亲甚至到外面的小礼品店给她买回毛绒玩具。母亲说,等于重新生她养她一次。母亲说这话时,她扭过头哭了。陪伴一个新生儿一天天长大,那是一个喜悦的过程,陪伴着病床上三十岁的女儿,母亲面对的却是生死未卜的前途。那年,母亲已经六十四岁。

她不知道是母亲的坚强最终让死神妥协,还是母亲那份爱最终让上苍感动,被宣判最多只能活两个月的她,竟然在慢慢好转。半年后,她出院了。一年后,在母亲的帮助下,她在家乡城市开了一个8平方米的小店,专卖各种毛绒玩具。两年后,8平方米的小店换成80平方米。又过了两年,她在那个城市拥有了几家分店。

灿烂又温暖的秋阳下,她和母亲轻轻地走过那个城市的大街小

原谅我也是第一次为人子女

巷。

"妈妈,如果有一天我走了,你会勇敢地活下去吗?""当然。我会开开心心地活下去。"

"妈妈,您看您设计的这些高楼大厦,是不是特有成就感?"

"是的,但是妈妈这一生所取得的所有成就都比不上你走在我身边,这么多的建筑站在街边也比不上你好好活着。你快乐地活着,就是妈妈的骄傲。"

她的眼睛湿了,望着天空长长地吁了一口气,对母亲说:"妈妈,如果有来生,我们还做母女。我做母亲,您做女儿。"

知心媛语: 生活中会出现各种灾难,疾病、事故、地震等。如果恰恰上天还给了活下去的机会,你怎么办?感谢妈妈教给我的答案,那就是不放弃一丝希望,不管有多曲折和艰难。生命不是我自己的,因为妈妈还在。妈妈给予我的,不仅是只有一次的生命,还有战胜死亡的信心和决心。这是生活的态度。所以,对妈妈的回答,只有获得第二次生命的心灵才能体会得到,既在意料之外,又在情理之中。

重新再做一次父子

◎ 程玮

一个周末乡下的黄昏，我们的邻居乌弗来敲门。他事先已经打过电话，说要到我们家来找一首歌曲。

他说，他的老父亲身体不好，打电话让他去一趟。他父亲是德国一家大报纸的创始人，很成功，退休后在瑞士的一座古堡养老。当乌弗还是个热血青年的时候，跟父亲政治见解上有很大的冲突。父子俩几乎见面就吵架，以致他们之间整整十八年没有来往。到了乌弗自己也做了父亲以后，他们父子才开始和解。他的老父亲在电话里说，记得他们断交十八年以后，当乌弗第一次去瑞士看望他的时候，他开车去机场接了他。两人坐在车里有点儿尴尬，一时不知道该说什么话，就打开了车上的收音机。那时候，收音机正在播放美国黑人女歌手玛哈丽亚·杰克逊的一首歌，叫《黄昏的祈祷》。他们就在她的歌声里，无言地顺着湖边慢慢地开。那时候正好是秋天的黄昏，那歌声和那湖面上宁静闪烁的夕阳，让他一直难以忘记。他希望儿子这次去看他时，能在玛哈丽亚·杰克逊《黄昏的祈祷》

原谅我也是第一次为人子女

的歌声中,再开车送他去一趟当年的湖边。

　　这是我很喜欢的一个黑人歌手。但是,他父亲点的这首歌,我还从来没有听说过,据说并不是她最有名的歌。所以找到好几个她的光盘,却没有这首歌。网上倒是有,但都不能下载,要购买,最快也要三天以后才能送到。我们开始在录音带里找,也没有。最后我们终于在一大堆旧唱片里找到了这首歌。

　　乌弗带着这首歌去了瑞士。他带着九十多岁的父亲,在黄昏的时候,在玛哈丽亚·杰克逊的歌声中再一次开车到那个湖边。他以为父亲会老泪纵横的。可是,他父亲听得很平静,听完以后说,我这辈子有两件遗憾的事情。第一,在你们需要父亲的时候,我没有时间做你们的父亲。第二,在你们长大成人,不再需要父亲的时候,我偏要做你们的父亲。如果能有第二次人生,我们一定会做得更好一点。

　　那时候,夕阳如旧,歌声也如旧。只可惜,他们已经不可能回到旧日的时光,重新再做一次父亲和儿子了。

知心暖语: 父子之间可能不同于母子。母亲用柔软的爱包容儿子的异见,不轻易与儿子翻脸。父子之间更多时候,像两个男人,会因不同的观点,以及所谓的主义,一争高低,最后背道而驰或殊途同归。九十年只为坚守自己的主义,也不失父亲的风范。但他们毕竟是父子,血浓于水,亲情大于主义。在时间面前,一切都是浮云,唯有亲情长久。聚日不多,共听一首曲子,互窥彼此内心,此时无语胜有声。重新做一次父子,既是非你莫属的诺言,又是劝世和解的箴言。

妒父

◎ 安宁

他这一辈子,从来不怵谁,除了我。

他在县城没有正式工作,却靠着登百家门,给人修下水道的零碎活计,养活了一家人,供我和弟弟念到大学。但我并不是特别感激他,觉得他对我越好,邪隐在其下的秘密,便越发深不可测,而我,宁肯面对他冷漠的面容,也不想在他暗含深意地讨好的微笑里,像一只无家可归的小兽,惊慌失措中,一头撞入他设置的陷阱。

我刚记事时,便知道自己和姐姐弟弟是不一样的。他们只有一个父母,而我,却有两个。尽管,我的亲生父母也只有过年时,作为亲戚,提了东西过来吃顿饭便回了自己的家,走时,甚至因只顾着寒暄,看都不看我一眼。但那时的我,却是大人们百谈不厌的话题。我嚣张的臭脾气,总是飞快转来转去的眼珠,飞扬跋扈的头发,晚上睡觉时老鼠一样咯吱作响的牙齿,皆是可以拿来入酒的佳肴。他每次与人谈论,总是一副要吵架的模样,就像我是他的私人财产,一旦有人来抢,立刻会拼了命护佑。

原谅我也是
第一次为人子女

我当然不只属于他，事实上，等我八岁那年，住在临镇的亲生父母，便开始用年年增长的压岁钱贿赂我，偶尔，还会背着他，有意无意地暗示我，是否愿意跟他们回去住上几日？这样的话，当然也只能是问问，没有他的允许，我纵使插了翅膀，也难以飞出他的掌心。除非，我有能力走出这个小镇。

从进教室那天起，我便开始为了走出小镇埋头苦读。这是我唯一可以逃出他掌控的方式。

我喜欢住校，尽管离家只有半小时车程，但我却以功课紧张为由，拒绝让他每天接送。可他还是每隔一天，便骑车去学校，以这样那样的理由，送饭，拿需要换洗的衣服，捎一斤苹果，或者说，路过，顺便问我是否有话对母亲说。

我知道他并不是真的想念我，而是紧张。我亲生父母的大女儿，恰恰就在学校食堂里打工。这个与我并不怎么亲密的姐姐，在忙完自己的活计时，偶尔也会叫住我，将单独留出的一份菜递到我手中。这样一份淡而薄的情谊，于我，并没有觉出多少温情，反而因了从没有在一起生活过的疏远，而愈发感到隔膜。

这样的亲近，犹如小小的火花，若有若无地燃着，看似那长长的芯子永远也烧不到尽头，可还是在我读高三那年，抵达了危险的终点。

那一年姐姐因给他送几副治疗哮喘的中药，半路被一辆疾驰的货车撞出去很远，还没送到医院便停止了呼吸。他的情绪低落到极点。姐姐两岁多的儿子，因为姐夫过分伤悲，不得已交给母亲来带。每每吃饭，小家伙就会哭喊着要妈妈来喂，他坐在旁边，闷头喝酒，不说一句话。但还是在小外甥不要命似的哭声里，狠狠将酒杯摔在了地上。小外甥在这惊天动地的碎裂声中，瞬间化作一根僵硬的树桩，再不敢挪动半步，片刻前丰盈的眼泪，也给吓了回去。饭桌上死一般的沉寂，我看着他红红的眼睛，很多天没有梳洗的乱蓬蓬的头发，一把乱草似的胡子，还有微微颤抖的手，忍不住便讽刺道：若是姐

第二章 大雅宏达

姐在天有灵，看到自己的儿子吓得连眼泪都不敢流，不知道会有多后悔。说完了，我便装作若无其事的样子，将小外甥抱过来，一口一口喂他吃，还故意哼起歌，将吓傻了的小家伙逗出了笑颜。

而他，在我的轻松里站起来，看一眼，丢下一句：我自己的闺女我知道怎么心疼，便起身进了卧室。

我几天后才真正明白了那句话的意思。那天正是周末，我回家拿换洗衣服，在拐角处遇到亲生母亲。本想打个招呼叫声姨妈便转身走人，不想却被她拦住。她说，小禾，你爸唯一的女儿走了，或许，为了补偿他内心的愧疚，会让你接替姐姐的位置。

原来，他心疼自己女儿的方式，就是牺牲我，照顾姐夫。我在他心中，过去是什么位置，今后，也一直会是。我从来就无法真正挤进他的心里。

那一年我与他的关系，几乎冷到无法消融。我的成绩，因为对他愈积愈深的怨恨，急速下跌，最终，在高考中摔得惨烈，成绩只能读一所三类的大学。

尽管读的是三类大学，但学费却是高昂。那一整个暑假，我几乎看不见他的影子，我不知道他究竟是在忙碌，还是想要躲避开这最后相处的难堪。亲生父母送来五千元钱，说愿意以后替我缴一半学费，只要在我放寒暑假时，能够与他们同住上几日，这样小小的要求，立刻便被他拒绝。他甚至在他们第二次来时，连杯水也没倒，便毫不客气地下了逐客令。

他对我亲生父母的嫉妒与不满，鲜明地写在脸上，他用各种各样的方式，在家里发泄他的愤怒，重重地摔门，无缘无故朝小弟大吼大叫，只吃了一口便断定母亲淘米前洗手用了肥皂，他朝每一个让他不顺眼的人发脾气，甚至是角落里的阿猫阿狗、花花草草，但唯独在我面前，他始终小心翼翼，就像一只日间的猫，一点风吹草动，都会让他无助且惊慌。

这样的僵持，直到我走的前几天，偶然在街头，看见他与一个

原谅我也是第一次为人子女

男人扭打成一团。周围许多人围观,却没有一个人敢上前拉架。那个被他打倒在地的男人,是这一带有名的痞子,他恰好在这个痞子家附近修理下水道,痞子以他扒开的下水道气味难闻为由,上来找碴,企图敲他一笔,不承想,却遇到打架打到不要命的他。正当我准备悄无声息地离开,回家将他的劣迹汇报给母亲,突然就有人高喊:嘿,继续打啊,看你女儿给你助威来了。

他在那一刻猛地回头,与我的视线撞在一起,且"砰"的一声迸裂开去。而那个趴在地上的痞子则趁势跳起,一拳打在他的头上。

他醒来时,说的第一句话便是,小禾是不是已经走了?看见母亲点头,他抱住自己缠了层层绷带的头,当着很多亲戚的面,毫无遮掩地大哭。是母亲哄他,说,小禾答应过,会给你写信,我们女儿又不是不回来,干吗哭成个泪人,让人家笑话。

他终于止了泪,说,我只是,不想再失去一个女儿。

这一句,他憋了十八年,才终于肯当众说出;而我,也是等了十八年,才通过小弟辗转听到。

爱,走了那么多年,终于还是找到了温暖的臂弯。

知心暖语: 养父所做,因为爱得彻底。而我没有办法做到养父那样,于是只有妒忌。远离养父之日,妒恨依然难消。人间故事道不完,世间情感千千万。即使养父女之间,感情的维系也需要彼此付出和坚守。对于心硬的我,养父不离不弃,始终如一。亲生女儿不幸离开人世,庆幸还有一个女儿。养父眼里没有"养"之说,爱是唯一。时间可以消融一切妒恨。跌宕起伏的三十六年后,我懂了养父,回到了爱的港湾。

父亲大人

◎ 李亚鹏

六月的无锡,正是梅雨季节。

凌晨4点,我从床上轻轻坐起来,听着窗外滴答的雨声,四下一片空寂。闭着的眼睛有微微的颤抖。我在努力而又小心翼翼地搜寻着刚才的梦境。

雨还在滴答地下着,床头的闹钟嘀嗒地走着,我坐在床上,头微微垂着,两只手摆放在腿上,一动不动。外面的世界苏醒过来了,整栋楼也喧闹起来,剧组要出发了。我要去工作了,不得不向梦境告别……泪水终于流了下来,蒙眬了我的双眼,在这片晶莹的蒙眬中我穿衣、洗脸、刷牙,看见镜中的自己,再次擦干泪水,打开门去拍戏了。

请原谅我的脆弱——我在梦中见到了我的父亲。这是我现在能见到父亲的唯一途径了。

去年12月6日,我正在拍《开心就好》,一个合家欢的贺岁喜剧。早晨接到哥哥的电话,说父亲过世了,突发性心脏病,57岁。

原谅我也是
第一次为人子女

　　坚持拍了最后两天的戏，坚持说那些欢喜的台词，做那些欢喜的笑容。在去机场前的一个小时里，每拍完一个镜头，就跑进洗手间里避开人，使劲地搓自己的脸，使劲地咬自己的舌头……坐在飞机上戴着墨镜，开始任眼泪流淌……告别仪式上，代表家属发言："现在静静地躺在这儿的，就是我那高高大大的父亲……"说完这一句我便倒下了。

　　很小的时候开始给父亲做助手，帮他把电子元件插在电路板上，然后看着他工作。在昏暗的灯光下，也不怎么说话，就这么一夜一夜忙碌着，等父亲把做好的小黑白电视机送给邻居们的时候，看着别人兴奋的样子，他笑了。悄悄地，我自己也笑了。我骄傲极了，我开始知道，工作可以换来人们的尊敬。

　　爸妈都是 15 岁时来新疆的，他们打起行李四海为家，后来两个人在新疆相遇，倍觉亲切，便结为夫妇。互勉互励，父亲成了机电工程师，母亲成了一名儿科大夫……也许是因为如此，所以到我和哥哥初中毕业的时候，就被父亲送出家门，去外地读书了。

　　离开家的这 14 年，每一年都回去过春节，告诉父亲这年我做了什么。每次除夕，父亲、哥哥和我都要喝一点酒，做一次长谈，讨论我们家遇到的问题，也包括他自己的，就像三个好朋友那样。这种信任让我知道了作为一个男人对家庭、对朋友所担负的责任。真的很好，那是我的骄傲，我的父亲。

　　往事太多，难以复述。

　　最让父亲失望的，大概是我没有上哈工大而上了中戏。为此有很长的一段时间他不太说话，但终究是一个豁达的人，后来也叮嘱我："既然选择了，就要做好它。"最让父亲骄傲的，应该是 1993 年我在乌鲁木齐筹办的一场摇滚乐演唱会，有唐朝、女子眼镜蛇、王勇……盛况空前，创立了很多个"第一次"。当时也没钱，也没有什么关系，就这么跑了三个月，就做成了。那一年我 22 岁，很清楚地记得，父亲也来看了。结束时我还在忙着指挥大家工作，父亲过来说先回去了。

我说：哎，知道了。父亲伸出了手，我愣了一下。那是我们第一次像成人一样握手，终生难忘。

最让我遗憾的，是我在北京有了自己的家，父母亲来看我，临走时父亲说："我们没什么事儿就坐车回新疆吧。"一念之差我就答应了，送他们到车站时，车上的人很多。想到两个老人要坐三天，我后悔了，说下次还是坐飞机的好。回去两个星期，父亲就去世了。我再也没有机会了。后来回家的时候我买了一张机票，亲手放在父亲胸前的口袋里，算是对我过错的弥补吧。

我是坚持己见亲手埋葬的父亲。我知道我需要这样一个仪式来和父亲做最后的告别，在碑前站立了很久，泪水已被风吹干了，突然有种感觉，父亲的某种精神进入了我的身体，不是虚幻的描述，而是在那一瞬间，我真的感觉到了。我愿意，非常之愿意去接受它。28年前我接受了父亲给我的躯体，今天，我接受了父亲给我的精神，这是一种遗传、一种轮回、一种传统的继承，我希望有一天我也能成为一位好父亲。

永远爱你，父亲大人。

知心暖语： "人"字加一横是为"大"，"大人"，其实就是一个人要有担当，把责任扛在肩上。从小与父亲一起共事，耳濡目染父亲的爱心、敬业、认真，为人做事，是一个人成长中最难得的机遇。母亲教会的是仁慈、忍耐、包容和坚韧，父亲则会传递细心、责任与精气神。做就做好，这是匠人精神，我们每个人都需要。有些东西，不是刻意就可以学来的，环境的熏陶，大人的影响。而一旦附着其身，当会受益无穷。父亲虽然去了，其灵魂里的东西都可以传承并传递下去。

原谅我也是
第一次为人子女

娘亲

◎ 六六

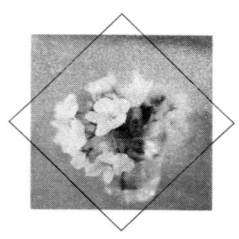

以前,我很难理解,为什么古人把妈妈叫"娘亲"。现在年纪越大,明白得越多。

回国前,我给家里人准备礼物。轮到妈妈时,给她打了个电话,说商场里的耐克鞋子正在热卖,问她穿多大的尺码。妈妈干脆地回绝说:"不要买,我什么都不缺。"

回到家,我把给大家的礼物分发出去,唯独没有母亲的。当时,我穿着短袖空手而归,因为心里有数,妈妈会替我打点一切。果然,母亲从柜子里找出N年前冬天我离开上海时丢下的陈年老裤,一试,大小刚刚好。

只住一夜,一大早我就要走了,我不让母亲送,天那么冷,又是上班高峰,去的时候我们打车,而回来,以母亲的克勤克俭,是一定要坐公交车的。

母亲说:"我前两天和你爸买票的时候就探好路了,你一个人去不熟悉,找不到地方怎么办?我陪你,反正我有的是时间。"

第一章 大雅宏达

我心头一酸。母亲有的是时间，而我分给她的，却只有一夜。

过去，我总说，要是能生很多孩子就好了，一群孩子做伴玩儿。对我这种多子多福的想法，公婆老公无不赞同，爸爸也是高兴的，可妈妈却说："生那么多做什么？一个就算有交代了。"

做了母亲以后，才知道妈妈的心，她是见不得宝贝女儿受罪。在她眼里，凡是叫女儿受罪的人都不是好人，叫女儿受罪的事情都不喜庆。我生孩子的时候，还在产床上，护士出来通报说："儿子，健康。"老公忍不住说了一句："孩子平安就好。"妈妈顿时暴怒，气鼓鼓地瞪着老公。老公赶紧解释："六六身体一向健康，不会有事的。"但妈妈的心病是落下了，总觉得他不够爱我。

写电视剧《蜗居》时，我劳累得不行。妈妈来看我，她摸着我的脸说："你怎么面黄肌瘦的？过得不好吗？上次回来还唇红齿白的。"我说，前段时间太累了，又睡得少。

妈妈噘嘴，过半晌说："一个女人，这么劳碌做什么？你真的很像你爸，不怕吃苦。"

我于是明白，为什么每次我说要给她买东西，她总是坚决地拒绝。因为她一想到吃的穿的都是我的血汗，会难过得无法安然去享受。我赶紧安慰她："没关系，虽然有点儿累，但我心情愉快。忙完这一段，我好好补一补。大家都夸我这本书写得很好，我要继续努力。"

妈妈更不乐意了："努什么力啊？不要写了，伤身体。我才不在意你是否有名有钱，你健康就好。才30多岁，看着就那么老，哪像你18岁的时候，脸光滑得像个剥了皮的煮鸡蛋……"

在长途汽车站的检票口，检票员把妈妈拦住了。我检过票，回头对妈妈说："回去吧，我走了。"

妈妈却转身小跑起来，边跑边说："我从另一个门溜进去，到车上看你。"

离发车只有几分钟而已，另一扇门很远，我怕妈妈过来的时候大约只能看见汽车绝尘而去，吓得连忙跑步上车，把行李塞给司机，

— 85

原谅我也是
第一次为人子女

自己赶紧从里面往外迎。

两人在另一扇门会合,我再三催促妈妈回家。妈妈坚持着,她要看着车走。

妈妈送我上了车,看着时刻表说:"还有一两分钟,等司机上来我就下去。"妈妈一边嘱咐我,一边不时回头看钟,最后说了一句:"时间怎么过得这样快?"

车子发动了,妈妈有些笨拙地跳下车去,司机关门急了些,差点儿夹到妈妈的腿。

在车离开的一刹那,望着母亲略显蹒跚的背影,我掉下泪来。

还是娘亲。

知心暖语: 时间过得太快,女儿马上又要远去,母亲已经步履蹒跚。在母亲一路走来的步伐里,有太多的细节,隐藏在每一个脚印里。对于女儿,母亲不奢求什么,哪怕目睹家人分享女儿的礼物,唯独没有她自己的。母亲只希望女儿健康,得到爱护,不要那么劳累。这些爱的叮嘱,都在每一句话、每一次的陪伴和离别中重复出现。别人眼里的烦琐、唠叨,是母亲自然而然爱的阳光在闪耀。在爱的词典里,娘是最亲的人。只有娘会说她什么都不缺,唯独怕缺了对亲人的爱护。

第二章 大雅宏达

父亲那只寂寞的手

◎琴台

家人住院,同病房有个乡下来的年轻人,右手的手指除了大拇指外全部截掉了,为了还原手上的皮肤,医生将他的右手缝到肚皮上,据说要养护一段时间。

陪这个年轻人来住院的是他的爱人和父亲。每天晚上,年轻人和妻子挤在窄小的病床上休息,而他那黑瘦苍老的父亲,就用几块泡沫板席地睡在大厅的走廊上。白日里无事,小夫妻两个经常叽叽咕咕地凑在一起说私房话,做父亲的,远远坐在安静的走廊长椅上,一只手在眼眉上滑来滑去,衰老的眼睛湿漉漉地看着某个地方发呆。即便吃饭的时候,他也是沉默的,唯一话多的是每天早晨查房的时候,他总要追着医生问东问西,听到解答后,又一个人怔怔地去长椅上发呆了。

一天夜里,病房的空调调得太低,年轻的儿媳感冒了,昏昏沉沉躺在病床上睡着了。年轻人坐在床边的椅子上输液,那个黑瘦的父亲跑到门诊大厅买来几片药,然后坐在儿子身边,眼巴巴看着输

原谅我也是第一次为人子女

液瓶的液体一滴一滴落下来。

半小时后,液输完了,护士拔下针头后,用一根棉签摁在年轻人的手上,转而嘱咐老人:帮着摁一下,另外,如果有时间的话,按摩一下他的胳膊。

就在那个瞬间,我注意到做父亲的手轻轻抖了一下,他小心翼翼地摁住棉签,眼光忽然变得有点儿羞涩。年轻人似乎也不习惯父亲的手在自己胳膊上按摩,他局促地扭一扭身子,转眼看着睡梦中妻子的脸。往日里,都是爱人帮他按摩和摁棉签,他咕哝着要父亲停下来,可是老人并不答话,而是继续轻轻按摩着他的手臂。

病房里长时间地沉默着,老人放在儿子胳膊上的手渐渐不颤抖了,他熟稔地从上到下运动着,眼神里竟然有欢欣的火花蹦出来。而那个年轻人,也不再看妻子,他微微闭上眼睛,短短的睫毛颤巍巍地在灯光下抖动着,那一刻,我忽然被这个场景深深感动了。

每个孩子都是在父亲手里长大的,哪怕再笨拙的父亲,也几乎都为孩子换过尿布。稍微长大一点儿,父亲们喜欢用有力的大手将孩子高高地举过头顶,银铃一样的笑声中,他粗糙的手指滑过孩子娇嫩的皮肤,满心都是愉悦和感动。无论多暴躁的父亲,当孩子亲昵的脸蛋和小手扑过来时,他们的心都会瞬间融化成温柔的水波。

孩子日渐长高,世界愈发开阔,父亲终于不再是生命中唯一的英雄。这时,孩子的手开始离开父亲,落在朋友的肩上、恋人的臂上,做父亲的,欣慰地笑了。但是,又有多少人能够在父亲灿烂的笑容中看到些许失落的阴影。

孩子大了,血缘浓情依然在,可父亲的手却从此寂寞下来。再也没有那个娇气的丫头拉着他的手到街角去买一串糖葫芦。顽皮的孩子成为清醒理智的成年人,成熟的代价是,他变得羞于直接细腻地表达内心的情感。

书上说久不拥抱的恋人会得一种奇怪的病———皮肤饥饿症。从没有人研究过,父母在儿女长大后,是否也会有一种皮肤饥饿那天在一本杂志上看到一个让人落泪的小故事：一个女儿常年和年老的妈妈生活在一起，她给妈妈准备了充足的物质，可老人一直郁郁寡欢。有一天，女儿弯腰在沙发上找东西，不经意间将双手绕过妈妈，老人突然落泪了，懵懂的女儿正在错愕，这时，妈妈说了一句话：你有三十年没有抱过我了。

我承认看到那个故事的一瞬自己也落泪了。其实，何止故事中的女儿多年没有拥抱过妈妈，我们自己，我们的身边人，又有多少人在成年之后拥抱过自己的父母？

中国有句古语，家有白发爹娘是大福。只是，天下儿女可曾知道，在父母心中，六七十岁依然可以有和自己撒娇的孩子，那又是件多么幸福的事。

离开医院之后的第一件事，我回了父母的家。

在父母惊喜的笑脸中，我好像小时候那样猛然把自己的手钻到父亲的手里："帮我捂一捂，好冷哪。"那个瞬间，我感到父亲明显抖了一下，他整个人似乎一愣，而后，我看到一滴泪落在了我的手背上。

知心暖语： 小时候，父亲用粗糙的手给我洗过尿片，给我穿过衣服。我相信，父亲有些笨拙的动作，一定饱含小心翼翼的父爱。父亲为了生计，可能照顾我更少，但那种肌肤相亲的爱护，一直藏在父亲的内心深处。我受伤住院，父亲以为还能够像小时候那样伺候我，照看我。但我老婆在身边，父亲似乎多余了。父亲等待着用手再次触摸我的机会。羞涩的父亲，别扭的我，在寻找新的适应后，终于默契接受彼此。对于父子来说，寂寞的不是父亲的手，而是我不知何时冷漠了父亲的手。

原谅我也是
第一次为人子女

一期一会

◎龙飞儿

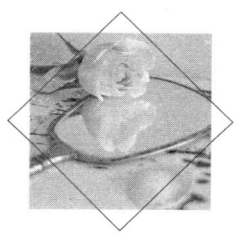

最近，不知父亲着了什么魔，天天给我送吃的。有时是一把豌豆角，有时是刚从菜市场买来的鲜肉，有时是别人送给他、他舍不得吃的腌萝卜。刚开始，看他从几公里外风尘仆仆赶来，颤巍巍地下了电动车，把东西递到我手中，心里很感动。可时间一长，我就有些不耐烦，因为他的到来总是打乱我的思路，让我刚刚得来的灵感消失得无影无踪。

终于，前几天，父亲跟老人团去南方旅游，我觉得一下子解脱了，可很快就发现心里空落落的。于是我抽了个时间帮他整理房间，无意间在一叠衣物里发现了一个日记本。在好奇心的驱使下，我打开了它——

自从老伴去世，我感到人生无常，岁月有限。小女儿怕我寂寞，给我抱来一大摞书。最近，看了一篇名叫《一期一会》的文章，是个叫大津秀一的日本人写的，文章说的蛮有理的。

第二章 大雅宏达

文章讲的是,有个人平时时间很多,却不知珍惜情谊。等病入膏肓,才想起和朋友与亲人应该见面叙一叙。而当他们从世界各地飞来看他,他已经意识混乱,既认不清人,也说不出话。

"一期"就是一生,"一会"就是一次相会,说的是人生的每一个瞬间都不能重复,所以每一次相会都是仅有的一次。它提醒我们要珍惜每次相会的机缘,为可能仅有的一次相会付出全部身心。

我自觉体力和心力不支,或许自己在世上的时日不多了。两个儿子打小守在身边,天天见面。只有小女儿自十几岁就到外地求学,离婚后带着孩子独居在几公里外的地方。她虽然年近40,仍心高气傲,办事毛手毛脚。搞创作的人,总是不成熟,着实让我放心不下。扳指算算,如果,每周小女儿来一次,一年52周,再撑5年,我们才见260次面啊!

既然她来不了,我就去看她。上次我和老朋友们去保险公司听营销课,人家提了个问题,说如果富士山不过来怎么办?答案是走过去!

富士山是日本引以为傲的国宝,而孩子们不就是父母的"富士山"吗?既然自然规律不容许我们等待,趁着我这老头子还能动,就往"富士山"那儿多跑几趟吧。

孩子毕竟是孩子,她对我发脾气,我也不怪她。谁知道,这一次是不是最后一次呢?

看到这儿,我的泪珠滚滚而下。作为儿女的我们,是不是应该主动迈开双腿,张开双臂,去迎一迎白发苍苍却依然努力奔向我们的年迈父母呢?

知心暖语:谁知道这是不是最后一次呢?父亲为了这"最后一次"见面,煞费苦心,寻找各种理由。可怜天下父母心。

原谅我也是第一次为人子女

并不是说说而已。当父母的,越到年迈,越渴盼多见见子女。而当子女的,因为忙,找了各种理由,推迟看望父母的时间。父亲也有自己的朋友,除了子女以外,也有他"临走前"想见的人。如果把一生遇到的每个人都再见一次,也许我们只能奔波在路上了。所以最好的办法,是珍惜每一次的遇见,给彼此留下最美好的记忆,这或许是"一期一会"的真实意义。

亲爱的阻力

◎倪一宁

自从我在公众号上开专栏后，我妈的微信朋友圈里除了关于养生和女人如何骄傲地活的文章之外，又多了一项内容。有一次她截屏给我看那些回复里的赞美文字，顺便啧啧感叹："看到了吗？都夸你是才女，听起来简直比红颜还薄命。"我被她气得不知该如何回击。

尤其是她去电影院用心观看电影，了解了萧红的悲剧命运后，就更加对我的未来忧心忡忡。她才不管什么"来就来到人生喧哗交响的洪流"呢，对她来说，黄金时代就是一回到家玄关处洒落的温暖阳光，逛网店时咬咬牙就能网购的菲拉格慕鞋子，她刚煲好红烧肉我就喊饿，爸爸出差回来，她一边埋怨"哎哟，你真的不会挑东西"，一边接过护肤品。萧红怕人生太短、故事太长，而我妈唯恐我交付太多、赢得太少。

于是，我时常给她讲道理：像我这么爱慕虚荣的女人，跨出门前都要反复掂量，不会动辄倾听内心的呼唤而一去不回头。况且，

原谅我也是
第一次为人子女

才华需要横溢到一定程度，才能突破人生的瓶颈，我的这点儿聪明也只够做吃寿司时蘸的芥末，骗取一点儿眼泪。

这就是我们最近对话的循环模式，只有我赌咒发誓在文化界必然混不出头，我妈才会放心地以"在台湾好好玩，不要老闷在宿舍里写东西，千万别省钱"作结。

后来我却在一些前人的言行中，看到我妈熟悉的身影。譬如嵇康，他声称要"非汤武而薄周孔""越名教而任自然"，宁愿打铁而不为官，孤介至此，以致被司马氏政权处死。然而翻阅嵇康留下来的《家诫》，讲的都是诸如长官处不可常去、亦不可住宿，长官送客时不要跟在后面，有人争论时立刻走开，等等。类似的状况也发生在苏东坡的身上，这个宋朝最睿智的人物，却写下这样的诗句："惟愿孩儿愚且鲁，无灾无难到公卿。"大文豪鲁迅却嘱咐儿子海婴干什么都好，不要做文学家——好像再伟大的人物，在子女面前，都撇不掉那点儿私心；再清高的人，在谈及爱的时候，都免不了俗气起来。所以我时常想：或许人都是在成为父母后，才学会了如明哲保身这一类市井气十足的生存法则吧。

小学时，家乡要评百强卫生市，老师要求我们背诵"小学生卫生守则"和"文明市民守则"。我的记性好，常是班里第一个背会的。老师规定先背会的先休息。我在走廊上透过窗户看到一教室念念有词的同学时，感到既骄傲又寂寥，我抱怨道："背这种东西真是浪费时间。老师闲得慌吧，干吗不放我们出来玩？"后来，这句抱怨传到了班主任的耳朵里。一天，她通知全班同学，当天的全部卫生由我来打扫。

我妈来接我时，看到我满身都是肥皂水，袖管脏兮兮的，脸上还滑稽地带着点儿灰，明明狼狈得像逃兵，表情却骄傲又固执得像个将军。那件事后来被我妈圆满解决了，到底怎么解决的，我没问过。好像所有关于我不可一世的往事后面，我妈都会替我扫掉那激起的灰尘。

第一章 大雅宏达

成年后我们喜欢到处游荡，而很多父母一生都在做一份工作，大半辈子都待在一个城市。我有许多能力卓越的朋友，他们大多很少与父母沟通。我问他们原因，有人就说："哎呀，跟他们说了，他们也不会懂。他们能给我什么建议呀，就那么几句话，多吃点儿，别省钱，跟周围人和睦相处，从我上小学时出门前他们就这样念叨，到现在就没变过。以后到底是出国还是跟着现在的导师继续干，也只能由我自己决定。"这些话听起来残酷，却把很多人匆忙撂下父母的电话、随便回复父母的短信时的心态，直白地说了出来。

大概父母真的是子女在追寻伟大梦想道路上的阻力吧。那种趋利避害的天性，会让父母不顾你对崇高理想的穷追猛打，无视你对正义事业的满怀热情，只关心你的饭桌上是否有三菜一汤。他们无法给你提供实际的建议，却会用一堆似乎过时的大道理来束缚你的拳脚。或许大多数人只有在拳脚处的隐秘绳索倏忽消失时，才会感到一丝无所适从——你终于自由了，从此再没有人以爱的名义捆绑你；你也不必回头看，因为故乡只剩房屋，不再亮着灯。

知心暖话： 怕女儿太累，累到"红颜薄命"，劝阻女儿好好生活，像一日三餐那样，来点儿实际的。以爱的名义，这是所有母亲的通病。我们无法反驳，一边敷衍应付，一边我行我素。忘记了这所谓的劝阻，其实是父母在肯定子女，是一种自豪与骄傲。低调的炫耀背后，是希望我们多与父母沟通交流，而不是仅仅用文字向世人倾诉。换一句话就是，慢慢来，歇一歇，蓄足精神再出发。

原谅我也是
第一次为人子女

爸妈的旅行餐

◎陈晓卿

  我爸是北方人，母亲则出生在南方，所以在主食的选择上，他们一直采取求同存异、搁置争议的政策：做米饭换了小火，母亲总会给我爸放进两个馒头；我爸蒸馒头时，蒸锅的中间是空的，为的就是给我妈蒸一碗米饭。我也真是佩服，他们就这样生活了将近50年。父母这一代人从小穷惯了、饿怕了，养成了有好东西也舍不得吃的习惯。

  上次的东京之旅就是这样。临行之前，我特意跟他们交代，咱们是去旅游，是去享受，不是逃荒。结果等于没说，无论吃饭还是买东西，我妈都会打听价钱，默默地心算一番，再大声报出一个人民币的数字："乖乖，一瓶矿泉水这么贵啊！"结果第二天再出去，我爸的双肩背包就变得沉甸甸了，拉开一看，里面是老两口连夜在房间冰箱里冷藏的凉开水，好几瓶！

  为了开导爸妈，第二天晚餐时，我带着二老一小去了涩谷一家专吃螃蟹的料理店。我们点了新鲜的蜘蛛蟹，还从刺身、寿司、烧烤、

第一章 大雅宏达

清蒸、奶油焗到蟹肉蛋羹等都点了个遍。我妈坚持全家要一只蟹就够了,我只好说:"一只?可能只够我那个大胖儿子吃的。"于是,我表面上只要了一只,私下又偷偷要了一只。

很快,儿子的面前就摆满了空壳,而父母面前的盘子里还是最开始夹过去的那条蟹腿。他们很夸张地比画着进食的样子,食物却不见消耗。我有些急,剔好了一个蟹螯放到我妈的盘子里。"你真不知道我不喜欢吃螃蟹?你妹妹家的冰箱里现在还有好多只,我根本不吃。"我妈说着,把蟹螯像传递奥运火炬一样传给了我爸。我没说话,又剔干净另外一只递了过去:"这和你吃过的梭子蟹还真不是一个味儿,尝尝嘛。"说完,我继续伺候我们家少爷吃喝。待我转过头来,发现新剥的蟹钳子又出现在了我爸的盘子里。老爸二话没说,一筷子又把肉还给了我妈。就这样,我几乎每次抬头时,那只蟹螯都会变一个位置。这是我第六次来日本,之前的五次,这里的美食都给我留下了美好的印象。但这次,无论拉面、烧肉还是刺身,都让我吃出了另一番滋味。

回到北京后,儿子在父母那里住了几天。接他的时候,我问:"有没有发现爷爷奶奶最爱吃什么呀?"儿子认真地想了半天,肯定地说:"剩菜。"

知心暖语:爸妈节俭了一辈子,即使在女儿安排的出国旅行途中,也有吃俭用。这是一对相亲相爱的伴侣,也是一对堪称楷模的父母。自己不吃,是为了让另一半尝好的;自己不吃,是为了让子女吃好的。总是把自己认为最好的东西,留给最亲的人,天下父母高度一致。在满足自己的同时,为对方准备合口味的主食,可谓用心之王。一份菜夹到妈妈碗里,再到爸爸碗里,又回到妈妈碗里,最后到了孙子碗里。菜在旅行,爱也在旅行。不是剩菜,是怕剩余的时间不够去爱。

【第三章】春风沂水

DI-SAN ZHANG　　CHUNFENG YI SHUI

◆

窗外有隔夜的雨声，此刻我好想你

◎ 桎念

妈妈：

　　窗外又下雨了，我蜷缩在被子中，房间里漆黑一片，万籁俱寂的此刻，只有韩红情真意切的歌声与我相伴。

　　我鼻尖发酸，眼泪先于我抬手去擦的动作落下来，一瞬间，浓稠的思念像是一张大网，把我牢牢覆盖，让心事沉重婉转至不可说。

　　几日前哥哥举办了婚礼，赴宴的宾客众多，所有人为台上的佳偶欢呼鼓掌时，我偷偷红了眼眶。低头抽泣时，看到爸爸正慌忙地拿出纸巾抹泪，我明白他此刻的眼泪为何而流。

　　妈妈，我们是遗憾没有你分享这份感动，不能亲眼见证自己心爱的孩子，跨入了人生新阶段。

　　当晚，我多喝了几杯酒，赖在爸爸身边，和他说起了许多往事，说起你离开的那个春天。

　　从查出病情，到一再恶化卧床不起，不过短短半年的时间，其间，我无数次在这样相似的黑夜里流泪失眠。觉得生活里像是埋了一颗

原谅我也是第一次为人子女

定时炸弹,时时刻刻惶恐不安,担心噩耗降临。

到如今也清楚记得那通电话响起时,我只是看了一眼熟悉的号码,就怕得不敢接听。

病床上的你骨瘦如柴眼窝深陷,癌细胞压迫了视觉神经,所以即使你瞪大了空洞的眼睛,还是模糊难辨。我心如刀割,不忍再多看你一眼。

弥留之际,你虚弱地说自己不太能开口了,但是还可以听得见,问我有什么想说的话吗。我泣不成声,小声地问:"妈妈,我可以亲亲你吗?"

过去你对我非常严厉,我们之间并没有其他母女那般亲昵,我一直爱着你。

泪从你的眼角滑落,看着你努力牵扯出的微笑,我既心酸又不舍,小心翼翼地亲亲你的脸颊。

春雨一场接一场,你安静地走了,看你双眼紧闭,那几秒钟忘了哭泣,只觉得如置身冰窟,浑身冷得发抖。

一个人从这个世界上彻底消失,先是肉身,接着是承载生活气息的物件,最后连共同制造的回忆,都一点点沉入岁月的长河中,被流水带去更远的远方。

六年了,我的心房上始终留有一个洞,风声猎猎,每回想起你时,就被狠狠拉扯,泪眼蒙眬间觉得你又回到我身边。

妈妈,从未得到过某种情感慰藉,与中途被掠走的爱比起来,究竟哪一种更残忍?

数月前我搭深夜的动车去南京办事,邻座是一对母女。望着黑漆漆的窗外,我忽然好想你,想起小半生里,和你把臂同游的次数寥寥。渐渐长大后,我也曾探访过诸多名山大川,歆享过浪花翻涌的大海,但心底总觉得,如果你在就好了。

妈妈,冬天更深一点儿的时候,我和爸爸又回到了十多年前,我们住过的那片旧宅子。菜市场依旧熙熙攘攘,面包坊卖的还是那几种口味，就连巷口杂货店的老板，还是爱在摇椅上打盹，只是已白发苍苍。我们辨认出彼此，无可避免地说起你，我们的眼角都闪着泪光。

人与人之间的缘分脆弱如露珠，朝生暮死，有些错肩，一别就是永远。

妈妈，我把你的旧照片放在了写字台，失眠多梦时，也记得你过去的嘱咐，塞一双袜子在枕头下面。我每一个清晨站在灶前煮粥时，都会想起你爱放桂圆红枣，我一如既往地不爱吃面条，这一点随你。

窗外的雨还在滴答地下着，我打开壁灯，看看你的照片，又翻身睡去。欲寄彩笺兼尺素，山长水阔知何处。希望你在天上过得平安快乐，我在人间也会努力开拓新生活。

想你的女儿
于早春湿冷的雨夜

知心腰语：妈妈去世六年，雨夜思母，泪湿枕中。严厉，是妈妈留给我的财富。而因此，与妈妈在情感上缺乏亲热地接触。但爱都在心里。哥哥结婚了，妈妈却不能亲临幸福的时光。妈妈一生为家庭奔波，却忘了自己，也忘了享受亲情的愉悦。好在，弥留之际，女儿深深地亲呢，母亲含泪地微笑，开出了幸福之花。在死亡面前，亲人之间的缘分短暂如朝露。树欲静而风不止，子欲孝而亲不待。把亲情展现在平时，即使不得不永别，那些爱的回忆也会让人坚强不息。

原谅我也是
第一次为人子女

妈妈的礼物

◎顾颖

我爸从欧洲旅游回来，带了一箱子巧克力和两条项链。他把项链摆在我面前。我逐一打开看，两条都是水晶十字架。一条粗放些，一条精细些。我指着那条细巧地说："我拿这条吧。"

他说："都是买给你的。因为不知道你会喜欢哪条，所以就都买了。"

我爸向来笨拙又天真，买的菜和水果总比别人贵，还是一堆烂的，却满心欢喜。他问我这项链在国内买价格要翻倍了吧，我说那是当然。后来我偷偷上网查了一下，他买的比国内还贵了不少。他舒了口气，说："从来也没给你买过礼物，这还是头一次……"

父亲有些健忘了，他是给我买过礼物的。

第一次收到他的礼物是在小学。我爸从深圳出差回来，带回一堆二手衣物和一些时髦的小玩意儿。在他出差的这两周里，我妈被诊断出癌症，她谨守着这个诊断，直到父亲回到家。她一件件试着我爸买的衣服，还精心为我打扮，把新买的发饰别到我的发辫上。

全家人沉浸在拆礼物的气氛中，对悲凉的未知视而不见。

我爸的品位是男子汉中的男子汉，那次却给我买了好多满满公主心的饰品。我妈生性要强，觉得生病是件让人耻笑的事，每次放疗后，她遮掩住画满格子的脸不让人看见，踽踽地穿过幽暗狭窄的弄堂回家。我则每天佩戴不同款式的发圈、别着可爱的胸针，奔跑在阳光里，接收女孩们羡慕的目光。这是一段快乐的回忆，身无长处的我靠着爸爸的礼物，第一次成为焦点。

"我想你信上帝，买十字架总不会错。"我爸仍然在讲他买礼物的细节，"你喜欢吗？"

"喜欢。"

"真的喜欢吗？"他不自信地追问。

"真的。"

"那你在婚礼上会戴吗？"他小心翼翼地问道。

我的婚礼定在一个月后，在教堂举行。我爸比我紧张，他反复问我需要他做些什么，婚礼筹备得如何了。我说只是一个仪式，不需要筹备，我连婚庆公司都没有请。

我的婚礼来得有点儿晚。在我妈过世后的第五年，我才实现了她生前最大的愿望。生前，她和所有催婚的父母一样，常联合我爸对我施压。有时好言相劝，有时蛮不讲理。那时她患癌症已经二十来年了。任何一件事，发生时再天崩地裂，时间久了都会变成平凡小事，包括绝症。她的病在我眼里已经成了一桩小事，我像平常的年轻女孩一样反抗着她的逼婚，并没有因为她的身体状况而妥协。我妈是我认识的最刚强不屈的女人，和她相比，我懦弱胆怯。她常讲述她反抗强权的经历，笑话我是孬种，恨我的不争。然而我身上有她的血液，我刚硬的一面不偏不倚地落在了对爱情的执着上，没什么能逼我接受我不想要的生活，哪怕是父母的健康或生死。我所有的刚强都用在了对她的反抗上。

母亲去世后，催婚的主力悄然退场，我爸势单力孤，再也没有

原谅我也是第一次为人子女

提及此事。一年、两年，我从之前的压力中完全释放，释放得太彻底，释放到我感觉自己有点儿轻，我的生活好轻。父母逼婚的话题仍然是永恒的热门，时常听到朋友们像我以前那样抱怨，父母逼婚的微博热点每个月至少冲榜两次。鲜明的对立面，沉重压迫的爱，大家控诉着、无奈着。那个下午我把两千多条评论看了个遍，然后留言：好羡慕。

世上唯一对我催婚的人已经走了。

我想我爸并不在乎我是否会结婚。母亲走了，这世上只剩下我俩，如果我不结婚，对他来说更有安全感。我曾经这样想过。

我爸叫了很多人来参加我的婚礼，好多人我根本不认识。我婉言相劝，他完全没听进去。我拉下脸，郑重地告诉他出席我婚礼的人必须是我认识的。他才喏喏道："我叫都叫了。那我不去提醒他们，他们忘了就不会过来了。你的婚礼听你的。"

这件事并没有影响他的心情，他依然紧张又快乐地等待着我的婚礼。他定做了西装，又做了衬衫，穿上后很帅。我买了领带给他，他从未打过领带，我只好凭着小时候打红领巾的记忆给他系上。

他说："我一直不敢催你，怕给你压力，其实我心里难过，老想着你将来怎么办。现在你结婚了，我就放心了，将来有脸见你妈了。"

我幼年的家在一座有百年历史的石库门房子的阁楼里，家里每一件器物背后都有一个人名。我爸常说，这热水瓶是他结婚时大学同学送的，椅子是高中同学亲手做的。

直到信教后，我才知道教堂婚礼是不收红包的，我每邀请一个朋友，都会提醒他不要送红包。有不放心的会问我是真不要送还是客气，我申明是真的，千万别送，别来破坏我婚礼的圣洁。不收红包使我在受邀人选上毫无负担，不必担心让人为难。

我妈过世那晚，几拨朋友赶到我家吊唁，送我白包。我拿着钱说没想到我这一生最先收到的不是红包，而是白包。朋友都是我的同龄人，年轻到还未经历过这种场合。他们按照自己的理解，把安

第二章 春风沂水

慰放进白包里。我把白包交给我爸,他问我为什么会有这么多钱,我说大概他们以为多放点儿钱,我就不会太难过吧。我爸说婚礼送钱是锦上添花,葬礼送钱是雪中送炭。

有时候钱是世界上最重的东西,有时候却是最轻的。我的婚礼不收红包,很大程度上是在为难人。本来买个红包放入钱就能解决的事,变成了如何在世间万物中选出一件既让自己满意又让对方喜悦的礼物。此时,我才理解为何送礼时会说这是我的一点儿心意。心意,从心而来的意念。让我惊奇的是,每一份礼物都和送礼者如此相像。我能透过这份礼物看到他最常见的表情,看出他是怀着怎样的心情为我挑选礼物。看到他在选择礼物时的思考、比较、烦恼和欣喜。

文学青年路老师,合上刚查阅完的《圣经》,长路漫漫地寻到九十四岁的高龄作家饶平如,从书包里拿出他写的线装书,恭请他题上"爱是永不止息"这样的祝福之语。

第一次去香港的小花,在高楼林立的铜锣湾奔走,在三次被指错路后,找到浪凡的柜台,买到了 marry me(嫁给我吧)的香水套装。

传统文化的继承人余妙妙,经过重重比较,订下一个"龙凤呈祥"的平遥漆器首饰盒,收到货验了又验,发现一只龙爪描得比另一只粗了些,生气地与老板争论。

万物皆有灵。这句话中的物一定也包括礼物,每一份礼物上都有着真心的祝福,就像魔法的封印,旷日经年也不会褪色。哈利·波特的母亲用爱封印的魔法能抵抗世上最凶险的咒语,守护了他十六年。有一天我会像我爸一样,告诉我的孩子每一件礼物的来历,以及它背后的那个人和他们的故事。

婚礼前夜,嫂子嘱咐我不要紧张,好好休息。我完全不紧张,最艰难的时刻已经过去,从此以后,风雨犹在,已有人与我同行,艰难痛苦也不惊。我一觉睡到八点多,打开手机发现朋友圈里显示闺密们已纷纷出发。

原谅我也是第一次为人子女

婚礼日的清晨,第一次门铃响起,是化妆师和伴娘结伴而来。我没有请婚庆公司,化妆师和摄影师都是闺密。妆化到一半,送花员按响了门铃。

自从和我先生恋爱,每周六他都会送一束花给我。到我们婚礼这日,这习惯差不多已经保持了一年。每周的花都是随机的,连他也不知道这周花店会给我送什么花。

我顶着半脸的妆,将花放到一旁,没时间插入瓶中。只粗粗掠了一眼,这次的花似乎很特别。

门铃一次次响起,小屋的人逐渐增多,挤到坐不下,只得站立一堂。化完妆已接近十二点,我穿着便服出门,开我的小蓝车接我爸去教堂。小车开了六年,已经很旧了。先生曾劝说我婚礼当天不要开车,我告诉他这小车是当年为了我母亲买的,起初是接送她去医院治疗,后来是一次次跟在救护车后,随我在医院守夜。最后,她离世那天,我开着它跟着殡葬车,送母亲离开。

先生在正对着教堂大门的地方留了个车位,他说,那样小车就能全程看到婚礼了。

婚礼在下午两点举行,所有宾客都坐在了教堂里。大门外,只有我和我爸。我爸终于发现了我的十字架项链,他说:"你戴上了。"

唱诗班唱着《婚礼进行曲》,教堂的门缓缓打开,我挽着爸爸的手臂走向红毯尽头的那个男人。

每年夏至前,我妈会把冬衣全晒一遍。她总是翻看着收藏了多年的绸缎被面,说这些都是留给我将来结婚用的,这么好的花色和做工现在不常见了。还有她手上那枚小小的翡翠戒指,她也总说要留着给我。

我妈过世后的第三周,我第一次梦到了她。她坐在灵堂前,穿着下葬时我给她穿上的衣服,脸上有柔和的光芒。她病危昏迷的最后时刻,亲友说她是不放心我没人照顾,所以才不肯咽气。但到底,她还是走了,一句话也没跟我说。

第二章 春风沂水

梦里我蹲在地上，仰着脸问她还好吗。

她亦望着我。

"有机会的话，还是要找个人一起生活。"

这是她留给我的最后的话。

婚礼仪式结束后，我爸在车上说他刚刚流泪了。我说是感动吗，他说想到我妈了，她没有看见。

回到家，早上送的花依然放在桌上，看着憔悴。我想插入瓶中，才发现花瓶带去教堂后忘在了车里。懒得再下楼拿，胡乱找了个容器，把花放在了水里。

次日导出婚礼上拍的相片，摄影师把这束不受重视的花和婚鞋放在一起，拍得甚美。晚上回家，我没忘了花瓶。我一边打理花一边问先生："你知道这是什么花吗？"

"不知道。"

"这是兔子花。"我取一朵，捏住花朵，花瓣绽开。"你看像不像兔子的嘴？"

"像。"

小时候我妈教我辨认花，一共就教了两种。一种像蝴蝶，她说是蝴蝶花，其实是三色堇。还有一种像兔唇，她叫它兔子花，我到现在也不知道它的学名叫啥。

我在水槽边将花茎逐一剪短，花朵因为缺水一朵朵掉下来。我用小时候妈妈教的方法捏出兔子嘴，花瓣一张一合。我突然明白了。

这花是妈妈送来的。

我转过身，告诉他："这花是妈妈送给我的，你相信吗？"

他抬起头。

"这是妈妈教我认的花，这世上只有她知道兔子花，她只教我认了两种花。我从来没有收到过这样的花，也不知道它在哪个季节开花。为什么会在我结婚这天送来，这是妈妈送来的。"

"我相信。"他回答。

原谅我也是
第一次为人子女

这是妈妈送来的花。

这束花是妈妈送我的礼物,一定是。

知心絮语: 眼看女儿都快成剩女了,父母天天催婚,几乎是逼疯的节奏。而催婚的主角,只有母亲。病重的母亲仍没有忘记催婚。而"我"习以为常,把母亲二十年的病当作小事,没有想到能为母亲做点儿什么。当母亲离去,"我"反而羡慕同类。母亲在,被催婚也是一种幸福。到了那个世界,母亲仍没有忘记托梦嘱咐我,找个人一起生活。母亲为"我"的婚事早就在准备了,调缎背面、翡翠戒指都要给"我"留着,还提前六年预订了"兔子花"。其实,催婚的背后,都隐藏着父母的担忧,怕他们不在了,女儿一个人生活,孤单无助。

母亲与小鱼

◎ 严歌苓

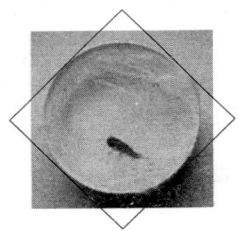

那还是这个世界上没有我的时候。大概已有些哥哥的影子了。那些修长的手指，那个略驼的背，还有目空一切的默想的一双眼，后来都是哥哥的了。哥哥的一切都来自这个人。那时只有十八岁的我的母亲总是悄悄注视这个人。据说这个人的生活中一向有许许多多的忽略。连母亲的歌喉、美貌，都险些被他忽略。母亲那时包了歌剧团中所有的主角儿，风头足极了，一匹黑缎子样的长发，被她编成这样，弄成那样，什么佩饰都不用，却冠冕似的华丽。十八岁的母亲，眼睛骄傲天真，却有了一个人。

这个人是我的父亲。一天她忽然对他说："你有许多抄不完的稿子？"

他那时是歌剧团的副团长，在乐队拉几弓小提琴，或者去画两笔舞台布景。有时来了外国人，他还凑合着做做翻译。但人人都知道他是个写书的小说家。他看着这个挺唐突的女子，脸红了，才想起这个女子是剧团的名角儿。

原谅我也是第一次为人子女

在抄得工整的书稿中，夹了一张小纸签："我要嫁给你！"

她就真嫁给了他。我还是个小小姑娘时，发现母亲爱父亲爱得像个小姑娘，胆怯，又有点儿拙劣。她把两岁的我抱着，用一个舞台化的姿势，在房里踱步。手势完全是戏剧中的，拍着我，回肠荡气地唱着舒伯特的《摇篮曲》，唱得我睡意顿时云消雾散。我偷觑她已进入情绪的脸，眼神不在我身上，那时我还不明白她实际上是在唱给父亲听。她无时无刻地不从父亲那里要来注重、认同。她拿起小提琴弓开始拉"哆、来、咪"。还将左手拇指扣进调色板，右手拈一支笔，穿一件斑点了色彩的大褂，在一张空白帆布前走来走去。要么，她大声朗读普希金，把泡在阅读中的父亲惊得全身一紧，抬头去找这个声音，然后在厌烦和压制的矛盾中，对她一笑。

她拿着这一笑，去维持下面的几天、几年，抑或半辈子的生活，维持那些没有钱，也没有尊严的日子。父亲的薪水没了，叫"冻结"。妈妈早已不上舞台，身段粗壮得飞快，坐在一只小竹凳上，"吱呀"着它，晚上在桌子上剖小鱼。她警告我们：所有的鱼都没有我和哥哥的份，都要托人送给在乡下"劳动改造"一年没音信的父亲。

几条小鱼被串起来，用盐轻腌过，吊在屋檐下晾。最终小鱼干缩成一片枯柳叶，妈妈在锅里放一点儿油，倒油之后，她的舌头飞快地在瓶口绕一圈，抹布一样。不知她这种寒碜动作什么时候已经做得如此自如。总是在我和哥哥被哄得早早上床，她才来煎这些小鱼。煎鱼的腥气胀在房子里，我和哥哥被折磨醒了，起身站在厨房门口。

"小孩子大起来才有得吃呢！"她发现我们，难为情地红了脸，像个小姑娘偷递信物时被人捉了个准。

她一条小鱼也没请哥哥和我吃。我们明白那种酥、脆连骨头都可口。然而我们只有嗅嗅、看看，一口一口地咽口水。

父亲回来后，只提过一回那些小鱼，说："真想不到这种东西会好吃。"后来他没提过小鱼的事。看得出，妈妈很想再听他讲起它们。她诱导他讲种种事，诱他讲到吃，父亲却没再讲出一个关于小鱼的字。

几年中，成百上千条小鱼，使他仍然侥幸地存活下来。妈妈围绕着父亲，以她略带老态的粗壮身段在父亲面前竭尽活泼。这时已长大的哥哥和我有些为这个还是小姑娘的母亲发窘。

又有许多的出版社邀请爸爸写作了。他又开始穿他的风衣、猎装、皮夹克，在某个大饭店占据一个房间。他也有了个像妈妈一样爱他的女人，只是比妈妈当年还美丽。

一天，哥哥收到爸爸一封信，从北京寄来的。他对我说："是写给我们俩的。完了，他要和妈妈离婚了。"

信便是这个目的，让我和哥哥说服妈妈，放弃他，成全他"真正的爱情"。他说，他一天也没有真正爱过妈妈。这点我们早就看出来了。他只是在熬，熬到我们大起来，他好有写这封信的这一天。我们也看出他在我们身上的牺牲，知道再无权请求他熬下去。而这个呕心沥血爱了大半辈子的妈妈呢？

许多天才商量好，由我向妈妈出示父亲的信。她读完它，一言不发地靠在沙发上。好像她辛辛苦苦爱他这么久，终于能歇口气了。

她看看我们兄妹，畏惧地缩了一下身子，她看出我们这些天的蓄谋：我们决不会帮她将父亲拖回来，并决定以牺牲她来把父亲留给他爱的女人，她知道她是彻底孤立了。

这一夜，我们又听到了那只竹凳的"吱呀"声，听上去它要散架了。第二天一早，几串被剖净的小鱼坠在了屋檐下。

父亲从此没回家。一天妈妈对我说："我的探亲假到了。"

我问她去探谁。我知道父亲尽一切努力在躲她，不可能让她一年仅有的七天探亲假花在他身上。

"去探你爸爸呀。"她瞪我一眼，像说：这还用问？

又是一屋子煎小鱼的香味。我们都成年了，也都不再缺吃的，这气味一下子变得不那么好闻。哥哥半夜跑到我房间。"叫她别弄了！"他说："现在谁还吃那玩意儿？"

我们却都忍不下心对她这么说。并且我陪她上了"探亲"的路，

原谅我也是第一次为人子女

提着那足有二十斤的烘小鱼。只是朦胧听说父亲在杭州一个饭店写作。我们去一家廉价旅馆下榻，妈妈说就暂时凑合，等找到父亲……我心里作痛：难道父亲会请你去住他那个大饭店吗？

四月，杭州雨特稠。头两天我们给憋在小旅馆里。等到通过各种粗声恶气的接线生找到父亲的那个饭店，他已离开了杭州，相信他不是存心的，谁也不知道他的下一站，绝对无法追踪下去。我对妈说：冒雨游一遍西湖，就乘火车回家。

妈妈却说她一定要住满七天。看着我困惑并有些气恼的脸，妈惧怕似的闪开眼睛，小姑娘认错般地嘟哝："邻居、朋友都以为我见到你爸了，和他在一起住了七天……"她想造一个幻觉，首先是让自己，其次让所有邻居、朋友相信：丈夫还是她的，起码眼下是的，她和他度过了这个一年一度仅有的七天探亲假，像所有分居两地的正常夫妻一样。她不愿让自己和别人认识到她半途折回，或者，是被冷遇逐回的。

她如愿地在雨中的小旅馆住满七天。除了到隔壁一家电影院一遍一遍看同一场电影，就是去对门的小饭馆吃一碗又一碗同样的馄饨，然后坚持过完了她臆想中与父亲相聚的七天。

父亲再婚后很幸福。妈妈见到我就问："她会做菜吧？"我当然明白"她"指谁，我说："做得很好。爸爸也戒烟了……"她赶紧垂下头走开，不敢再听。

临回北京，我见她又把那竹凳搬到厨房。竹凳也上了岁数，透着柔韧的光色。还是一堆小鱼儿，我不阻止她，懒懒地倚在阳台上欣赏她工匠般的操作。她已架起老花眼镜来做这桩事了。竹凳似疼一样"吱呀"着。她说，假如你爸被罚到乡下，低人九等，就没有女人要他了，只有我才要他。她不敢抬头看我，怕我看见她眼里还是那片无救的天真，还是小姑娘似的那张因非分之想而绯红的脸。

我将一篓子烘熟的小鱼捎到爸爸那里。正是高朋满座的时候，满桌是继母的国宴手艺。我对爸爸使了个眼色，将他熟识的竹篓搁在了一边。他瞪了它一会儿，似乎也愁苦了一会儿，又去和一桌朋友嘻天哈地，这天父亲醉倒，当着七八个客人的面，突然叫了几声母亲的名字。客人都问被叫的这个名字是谁，我自然吞声。继母美丽的眼里，全是理解……全是理解……

知心䏶语： 妈妈的爱情故事，一厢情愿，故作多情，一往情深。那个忽略妈妈的他，最后还是被妈妈"俘获"。在最艰难的日子里，妈妈的小鱼让他生存下来。而他回来后只字不提，绝情至极。即使这样，妈妈仍然围绕着他，一如当初的小姑娘。新生的他，不屑于妈妈的琐碎，有了他"真正的爱情"。该成全谁？这是一道难题。不见面的探亲是最后一次诀别。在他再婚后的欢宴上，常吃的小鱼再次出现，他醉酒喊出了妈妈的名字，那是真情流露。而她理解了小鱼的出现，理解了妈妈的爱情。妈妈心里说：都是女人，为了爱情，都会孤注一掷，我已经拥有过，成全她，真爱在我。

原谅我也是
第一次为人子女

父亲的游戏

◎ 周海亮

　　两天前，儿子独自来到这个城市。现在，父亲要送他回去。
　　他们来到火车站，却在候车室的入口停下来。两个人盯着安检仪的小屏幕，那上面不断流动着各种箱包和编织袋的轮廓。
　　男人说看到了吗，把行李放进去，屏幕上就会照出行李里面的东西……你看看，这是一个脸盆……这应该是一床被子……这个，一双皮鞋吧。可是，它为什么能照出里面的东西呢？男人低下头，问他七岁的儿子。
　　是 X 光的原因……你昨天跟我讲过的。儿子说。
　　男人满意地点头。他说是，是 X 光。只有 X 光，才能把东西变透明了，我们才能看见它的里面。
　　男人穿一件蓝色的工作服，那上面沾着点点泥水的痕迹。男人头发凌乱，目光是城里人所认定的那种卑微。看得出来他在某个建筑队打工。城市里有太多这样的男人，他们从家乡来到城市，散落到各个建筑工地。然后，用超负荷的劳动，来维系一种最低限度的

第二章 春风沂水

期望。

男人说要是人钻进去，内脏就会清楚得很。这东西，就是你娘给你说的医院的 X 光机。

儿子使劲点点头。表情很是兴奋。安检员不屑地撇了撇嘴。如果说一开始男人的话还有些靠谱儿的话，那么现在，他已经开始胡说八道了。

男人冲儿子笑笑，你看好了。

然后他就做出一个让周围所有人都大吃一惊的举动。他突然扑向安检仪，蜷了身子，像一个编织袋般趴伏。安检员大喊一声，你要干什么？可是来不及了。传送带把男人送进安检仪，屏幕上出现男人趴伏的瘦小轮廓。几秒钟后，男人被安检仪吐出。男人爬起来。满面红光。

安检员冲过来，朝男人吼叫："你发什么疯？"

男人尴尬地笑。他说："我和儿子做游戏呢。"

"做游戏？"安检员怒火冲天，"你们拿安检仪来做游戏？这东西对身体有害你不知道？"

男人慌忙朝他眨眼。安检员正大喊大叫，忽略了男人急切的眼神。男人飞快地拉起他的儿子。男人说："走，我们去等火车吧！"

他们来到候车室，找两个座位坐下。男人问儿子："你刚才看清楚了吗？"

儿子说："不是很清楚。"

男人说："没关系，你看个大概就行了。得了肺病的人。肺那儿会有一个很大的黑影，你看见我有吗？"男人跟儿子比画着肺的位置。他比画得并不准确。

"是，你那儿没有黑影。"儿子认真地说。

"这就对了。"男人满意地拍了拍儿子的肩膀，"你看我们多聪明，我们骗那个没穿白大褂的大夫说我们在做游戏，他竟信了。他竟没收我们的钱。你看看，我早说过你也能当大夫嘛。"

原谅我也是第一次为人子女

"是啊是啊!"儿子两眼放光。

"回去,你娘问你,你陪着你爹去看X光了吗,你怎么说?"男人问。

"去看过了。"儿子说。

"去哪个医院看的?"男人追问。

"去火车站医院看的。"儿子回答。"好儿子。"父亲捏了捏儿子的小脸,"我们拉钩吧!"父亲伸出手,钩住了儿子的小指。他们仔细地拉钩,每一下都很到位。

"告诉你娘,我的肺病早就好了,别再让她担心。也别再让她把你一个人送过来,陪我去医院。"男人站起来。火车马上就要来了。

"好。"儿子使劲地点头,"你的肺上没有黑影,我和娘都知道你的病早好了。"

男人笑了笑。他再一次捏了捏儿子红扑扑的小脸。

男人把儿子送上了火车,往回走。他走得很快。他还得赶回去干活。他还得在这个城市里拼命赚钱。他要把赚来的钱全部带回家。家里需要钱,他不敢去医院检查他的病。哪怕,只是挂个门诊。然后照一张X光片。

男人走得有些急。他轻轻地咳起来。咳出的痰里,夹着淡淡的血丝。他紧张地回头,却想起儿子已经上了火车。于是男人笑了。刚才他和儿子做的那个游戏,让他满足和幸福。

知心暖语: 朴实的父亲,总是用自己勤劳的双手,为家人撑起一片天。文中的父亲为了不让孩子、孩子娘担心,选择用跟儿子玩游戏的方式,让自己的身体爬在安检仪上做了一次"X"光安检,以此来有意隐瞒自己身体有恙。即使身体不好了,也舍不得多花几个钱去医院做个X光检查,因为打工拼出来的钱,都是为了给后方的亲人们用的。大爱无言,越是朴实深沉的爱,越是隐忍得多。文中的父亲没有一次表示过,儿子我爱你的话语,

第三章 春风沂水

但他所做的一切都和大多数我们身边的父亲一样，为了孩子，为了家人，可以付出自己的一切。

这样的父亲，给人留下的是莫名的感动。有这样的父亲在身边，即使生活再苦，也会觉得幸福。

原谅我也是
第一次为人子女

感谢上帝让我们有机会说出爱
◎［美］特雷西·安德森　译／木子

　　我的父亲患有糖尿病，这使得他性情急躁，经常大喊大叫。每当看到其他人的父亲温柔地亲吻自己女儿的额头，或情不自禁地紧紧拥抱她们时，我总是充满嫉妒。我知道父亲爱我，而且爱得很深，然而他就是不知道如何表达他对我的爱。
　　对不太配合的人说"我爱你"是件不容易的事。在多次遭到父亲的拒绝而心灰意冷以后，我开始不再那么热情洋溢地显示自己的爱了。我不再主动伸出双臂拥抱或亲吻父亲。我和父亲之间的爱仍然是强烈的，不过却是无声的。
　　那是一个难得的夜晚，我母亲终于说服我那通常是非常孤僻的父亲和我们一起去市中心逛逛。我们坐在一家优雅的餐馆里，这家餐馆拥有一支虽小却很活跃的乐队。当乐队奏起一首熟悉的华尔兹舞曲时，我看了一眼父亲。过去感情上受到的所有伤害在我心里翻滚着，但我还是想再大胆试一次，这是最后一次。
　　"爸爸，您知道，我从来没有和您跳过舞。即使在我很小的时候，我恳求过您，可您却从来不愿意。现在如何？"

我预想他会像以往一样粗暴地回答我。然而没想到的是，父亲看着我，眼神里闪现出令我惊奇的光芒："那么说，我一直就没有尽到一个父亲的职责喽。"他开玩笑地说，这可不是他的性格。"咱俩到舞池里去，我要让你看看我这个老头子还能跳出什么样的舞步！"

父亲用双臂将我拥入舞池。从很小的时候起，我就没有被他拥抱过，这下我真有些受宠若惊了。

跳舞时，我专注地看着父亲，但他却回避着我的眼神。他的眼睛扫过舞池，扫过其他的就餐者，扫过乐队的成员……他搜索似的观看每个人，每样东西，可就是不看我。我觉得他一定在后悔答应和我跳舞。

"爸！"我终于低声说道，眼睛里含着泪水，"为什么您看我一下就这么难？"他的眼神终于落在了我脸上，认真地注视着我。"因为我太爱你了。"他轻声回答。我惊呆了，这是我没有预料到的，却是我最想听的。父亲的眼睛也湿润了。

我知道父亲是爱我的，只是没有想到我浓厚的情感竟使他害怕，让他哑口无言，他不苟言笑的样子掩盖了在内心涌动的深沉的情感。

"我也爱您，爸爸。"我轻柔地回应着他。

"对……对不起，我不善于表达，"他结结巴巴地说，"我已经意识到我没有表达出我的感受。我的父母从没有拥抱过我或亲吻过我，我想我是从他们那里继承了不善表达的性格。那……那……对我很难。也许我太老了，难以改变自己，但是要知道我是多么爱你。"

"我明白。"我露出微笑。当舞曲结束后，我把父亲带回在桌旁等候的母亲身边，然后去了卫生间。我只离开了几分钟，但就在那几分钟的时间里，一切都改变了。

等我穿过餐厅准备返回我们的餐桌时，我听见尖叫声、喊声和椅子的碰撞声。当我走近我们的座位时，我才知道是父亲出事了。

原谅我也是
第一次为人子女

他瘫倒在他的椅子上,面色苍白。餐馆里的一位医生冲过来进行急救,也叫了救护车,但一切都为时已晚。父亲走了,就是眨眼的工夫。

那天晚上在餐馆里,我所看到的就是父亲瘫倒的身体和苍白的面孔,周围是表情严肃的就餐者和救护人员。但现在我所记得的完全是另外一幅情景:我记得我们在舞池里跳华尔兹,父亲突然热切地向我表白。我记得他说"我爱你"。在我回想这些情景的同时,脑海里不知怎么有些不相称地反复回荡着唐娜·萨默演唱的一首老歌的歌词:最后的舞……最后的机会……为了爱……

那的确是我和父亲跳过的第一个舞,也是最后一个舞,一生仅有的一个舞。感谢上帝,我们得以有机会说出(在并不是太迟的时候)那三个字。那三个字永远鲜活,即使我们离开这个世界,也会天长地久。

知心暖语: 爱要大声说出来,作为女儿一直期望父亲这样对待自己。其实,女儿忽略了一个问题,爱是无声的,也是无言的。无声和无言的爱,更深沉更厚重。就是因为女儿需要父亲"爱"的表达,才导致了生病的父亲过度劳累,终于离世。沉重的"爱",此生唯一一次真情的表达。这样的表达,既是痛苦的,又是喜悦的。简直说得上是悲喜交加。如若有机会,爱要大声说出来,才能彰显"爱"的价值和意义。

父亲的布鞋母亲的胃

◎周海亮

一位朋友童年时,正赶上了三年困难时期。他告诉我,他能活到现在,全靠了父亲的一双布鞋。

朋友老家在鲁西南,一个平常都吃不饱饭的贫困山村,何况是全国人民都挨饿的那三年?朋友说他记事比较早,在那三年的漫长时间里,他每天要做的唯一事情,就是寻找各种各样的东西往嘴里塞。槐树叶吃光了吃槐树皮,草根吃光了吃观音土。观音土不能消化,把他的肚子胀成半透明的皮球。可是,在那样的年月,即使可以勉强吞咽下去的东西,也是那么少。朋友经常坐在院子里发呆,有时饿得突然昏厥过去。而朋友这时候还是一个孩子。

朋友的父亲在公社的粮库工作。有一阵子,粮库里有一堆玉米,是响应号召,留着备战用的。饥肠辘辘的父亲守着散发着清香的玉米,念着骨瘦如柴甚至奄奄一息的妻儿。有几次他动了偷的心思,毕竟,生命与廉耻比起来,更多人会选择前者。但朋友的父亲说,那是公家的东西,即使我饿死了,也不去拿。

原谅我也是第一次为人子女

可是他最终还是对那堆粮食下手了，确切说是下脚。他穿着一双很大的布鞋，要下班时，他会围着那堆玉米转一圈，用脚在玉米堆上踢两下，然后，若无其事地走回家。他的步子迈得很扎实，看不出任何不自然。可是他知道，那鞋子里面，硌得他双脚疼痛难忍的，是几粒或者十几粒玉米。回了家，他把鞋子脱下，把玉米洗净，捣碎，放进锅里煮两碗稀粥。朋友的母亲和朋友趴在锅沿儿贪婪地闻着玉米的香味，那是两张幸福的脸。

这时朋友的父亲会坐在一旁，往自己的脚上抹着草木灰。他的表情非常痛苦。这痛苦因了磨出血泡甚至磨出鲜血的脚掌，更因了内心的羞愧和不安。他知道这是偷窃，可是他没有办法。他可以允许自己被饿死，但他绝不允许自己的妻儿被饿死。朋友的父亲在那三年的黄昏里，总是痛苦着表情走路。他的鞋子里，总会多出几粒或者十几粒玉米、高粱、小麦、黄豆……这些微不足道的粮食，救活了朋友以及朋友的母亲。朋友说，他小时候认为最亲切的东西，就是父亲的双脚和那双破旧的布鞋。那是他们全家人的希望。那双脚，那双鞋，经常令我的朋友垂涎三尺。

饥荒终于过去，他们终于不必天天面对死亡。可是他的父亲，却没能熬过来。冬天回家的路上，父亲走在河边，竟然跌进了冰河。朋友说或许是他的父亲饿晕了，或许被磨出鲜血的双脚让父亲站立不稳，总之父亲一头栽进了冰河，就匆匆地去了。直到死，他的父亲，都没能吃过一顿饱饭。

朋友那天一直在呜咽，他喝了很多酒。他说多年后，他替父亲偿还了公社里的粮食，还了父亲的心债；可是，面对死去的父亲，他将永远无法偿还自己的心债。

朋友走后，我想起另外一个故事。故事是莫言讲的，发生在山东高密东北乡。

也是三年困难时期，村子里有一位妇女，给生产队推磨。家里有两个孩子和一个婆婆，全都饿得奄奄一息。万般无奈之下，她开始偷吃磨道上的生粮食。只是囫囵吞下去,并不嚼。回了家,赶紧拿一个盛满清水的瓦罐,然后取一根筷子深深探进自己的喉咙,将那些还没消化的粮食吐出来,给婆婆和孩子们煮粥。后来她吐得熟练了,不再需要筷子探喉,面前只需放一个瓦罐,就可以把胃里的粮食全部吐出。正是这些粮食,让婆婆和孩子们熬过了最艰苦的三年。

她也熬过了那三年。她比朋友的父亲要幸运得多。可是,在她的后半生,在完全可以吃饱饭的情况下,这个习惯却依然延续。不管什么时候,只要看到瓦罐,她就会将胃里的东西吐干净。她试图抑制,可是她控制不了自己。

当她的儿女们可以吃饱了,她的胃,可能仍是空的——因为她看到了瓦罐。

我不知道应该形容他们伟大,还是卑贱?回想我的童年,应该是幸福的。既没有眼巴巴盼着父亲布鞋里的几粒粮食,也没有等着母亲从她的胃里吐出粮食然后下锅。可是我相信,假如我生在那个年代,他们肯定会这么做。并且,我相信世上的绝大多数父母,都会这么做。因为他们是父母,那是他们的本能。

你是怎么长大的?也许你长大的过程远没有那么艰难和惨烈,但是请你相信,假如你生在那个时代的贫苦乡村,假如你有一位看守粮库的父亲或者在生产队推磨的母亲,那么,支撑你长大的,将必定是父亲鞋子里沾着鲜血的玉米或者母亲胃里尚未来得及消化的黄豆。

请爱他们吧!

知心暖语: 为人父母,都愿意本能地为自己的孩子付出一切。文中的一位父亲,一位母亲,宁可自己忍受痛苦的折磨,良心的不安,也不愿意眼睁睁地看着自己的孩子和家人活活饿死。"宁为玉碎,不为瓦全。"为了救活家人的命,文中的父亲和见了瓦罐就忍不住吐的母亲,她们都在用自己的生命,护佑着

原谅我也是
第一次为人子女

家人的周全。这样的一种无偿的大爱,是天底下任何语言都描述不出的一首赞歌。只有付出,没想过收获。

载不动父爱如山

◎宇原

01 >>>

冬夜,山高月小。我摸进采石场,跟父亲直白:"爸,我不想读书了,这事,我想了好久了。"

父亲听后只问了一声:"肯定了吗?是担心没钱供你上大学吧?爸这条命还健!"

我捡起地上的行李,执意转身。

"砰"!父亲狠狠地将羊角镐砸在一堆石上,火星四溅,他瘦小的身子渐渐地矮了下去。

走了好久,山谷里仍可听到父亲如狼一般的号叫。

我的家乡,贫瘠而苍凉,山连山,石挨石。我亲眼看见父亲的采石作业。随着火药吼过,石雨落尽,父亲戴着安全帽,从一页岩石下钻出来,硝烟远未散尽,父亲就冲进了"战场",抢着搬运石块。一天下来,父亲仿佛从石灰坑里跳出来的,浑身白霜。多年积劳成疾,使父亲患上了严重的哮喘、风湿、静脉曲张等疾病,为了给我们挣

原谅我也是第一次为人子女

学费和生活费,每次回到家中,我最不愿面对的是那双手。那双手,在与石头的对撞中,早已趼痂累累。一到冬天,就绽开一道道血网。

父亲每一次将血汗钱交给我手中时,我的心就会隐痛好几天。

高三上学期,我决定放弃上大学的机会。尽管,我的学习成绩一直在全校名列前茅,学校寄予了很高的期望。可考出去,父亲怎么办?弟妹们怎么办?最后,这如山的沉重,使我选择了放弃。

02 >>>

一个人到外地打工。离家乡几千公里,梦里,尽是父亲佝偻的背影。想到此,我拼命地挣钱,只要能挣钱的活我都干,往往一天只睡三四个小时。但每一次睡下,我都有一种虚脱的踏实。我想,父亲迟早有一天会理解我的。

哪知,就在我赚钱正欢的时候,一场突如其来的疾病彻底粉碎了我的梦想。由于过度劳累,再加上营养严重不良,一个雨夜,我天昏地暗地加班到凌晨,最后起身时,眼前一黑,"咚"地栽倒在水泥地上。同事送我去医院,一检查,我得了急性肝炎,并伴有腹水。那些恐怖的夜晚,我睁着失神的眼睛,望着病房惨白的墙。辛苦赚来的钱,像流水一样漂去。我才知道,"贫穷"这两个字眼,在穷人的眼里是多么可怕!

多想,在死之前与父亲见上最后一面,看一看他苍老的脸庞,然后,怀着一种麻木的刺痛,在父亲怀里安静地死去。可是,我不能。我不想告诉父亲,我不能让他承受这一打击。医院渐渐减少了用药,我只想挨一天是一天。

一天清晨醒来,我看到了父亲。几个月不见,他显得更加瘦小。胡楂,像山上的松针恣意地伸进我的眼睛。原来,父亲接到了公司打给他的病危电话,带了几个叔父,扒了一辆货车,几天几夜没合眼马不停蹄地赶来。

几天过去,父亲带来的钱将尽,我的病情仍得不到好转。父亲哮喘病却复发了，为了不吵醒我，实在忍不住咳嗽时，就捂着嘴，跑到医院的黑暗的角落咳嗽。尽管声音掩饰得很小，却更能揪起我一种撕心裂肺的疼。

03 〉〉〉

　　父亲与叔父们商议，租一辆出租车，将我接回去继续治疗。当父亲背着我出院时，我能清晰地感觉到父亲明显突出的肩胛骨，如两只铁蝶，坚硬如刀。可是，这么多人共乘一辆车，显然坐不了。而父亲显然不想再花钱租车。

　　他围着车转了好几圈，最后指着车尾厢对司机说："师傅，我就躺这儿吧。"

　　司机呆了，在他眼里，尾厢只能装一些物品，人可从来没有载过。见司机犹豫，父亲猫着腰，就进去了。他将自己蜷缩在里面，如一只干虾。

　　司机见此情况，也就不再说什么，只让父亲注意安全，实在憋不住就喊一声。

　　几个叔父都争着要去，父亲对他们说："我矮小，就我吧，你们照顾好孩子就行了。"叔父们实在不忍再见，难过地别过脸去。

　　临行前，父亲趴着出来，走到我跟前，伸出他粗糙的手，握住我，说："活着回去，孩子！以后的路，你要走好啊！"

　　我知道这句话的分量，我坚定地回答他："爸，咱们要一起回家，好好的！爸，我这就回去复读，你要看着我考大学，你要答应我！保重，爸！"

　　父亲棱角分明的脸上掠过一丝苍凉的微笑。

　　德州的冬天很干冷。即便坐在车厢里，也感觉到外面的冰寒。为了保证父亲的呼吸，司机将车尾向上掀开一条缝。叔父一路告诉我："孩子，回去好好读书吧，你不在的这些日子，你父亲总是一个人在山上抹泪，他不稀罕你的钱，在乎你为他争光。"

原谅我也是第一次为人子女

04 >>>

车,静默地,剪开如水的月色。北风,蹭着车窗尖厉而过。司机显然拼尽了全力,他也是在为父亲争取时间。

整整两天三夜,冷风像一只只无形的怪兽,无孔不钻。连坐在车里面,几个人相偎取暖,都觉得寒冷。我不知道病痛的父亲,会不会挺得住?我与他只隔一层钢板,却只能眼睁睁地看着他,不能翻身、不能动弹、不能叫痛,强忍着孤寂、病痛与颠簸。他是在用他的生命抢救我的生命,用他的时间换取我的时间啊!

我才知道,这世上有一类父亲,子女永远是他们的希望、信仰、寄托、主宰、力量之源、奋斗之根、生命的全部意义。

黎明时分,天色如墨。在一个出站口,警灯闪烁一片。一辆辆车被次第拦下,检查、问证、放行。轮到我们时,警察看车上每一个人的证件。最后,让司机打开尾厢。在警察惊悚的注视下,司机颤抖地打开车盖,父亲一动不动地躺在那里,仿佛睡着了一般。一名警察用戴着白色手套的手,摸了摸父亲。父亲呻吟了一声,警察吓得跳了起来,旋即大怒:"怎么能这样载人呢?这不是草菅人命吗?"

我这才得知,路上不断有司机与乘客,透过那条"生死缝",看见了一动不动的父亲,记下了车牌号,并报了警:有人偷运尸体!

警察要罚款。这时父亲清醒了过来,想出来却又不能,在叔父们帮助下,将他一点儿一点儿拖出,患了风湿与静脉曲张的他,双脚不能沾地,只有靠两个叔父的手勉强搀起。陡然,父亲自胸间传来一声猛咳,穿透喉间,脸色青紫,唇色焦白,如雷袭来,刺入耳膜,听之让人心颤。

显然,父亲不能动弹的原因,是昏过去了,失去了知觉!

父亲凝望着我,嘴唇哆嗦,第一句话就是:"求求你们放行吧!只要救活我儿子,我死不死无关紧要,这事与司机没有干系,我给你们跪下啦!求求你们这些好人了!"一阵刺痛袭击了我,我大叫一声:"爸!"人僵在原地,灵魂早已走远。

天色渐明,许多人背过脸去抹泪,女人们感动得哭泣起来。一个人都没有动。

05 >>>

"闪道!出发!"

一名警官高亢地命令。

他亲自出动了一辆警车,载上我的父亲,"嗖"的一声,风驰电掣地将一切抛远。透过反光镜,我看着那些晨风中的警察们,伫立在那里举起了手臂,为父亲行注目礼。司机红了眼,狠踏油门,车子发出阵阵嘶吼。泪水,早已在他脸上垦出两道河。

我与父亲,没有违背从德州出发前的约定,都活了下来。几个月后,父亲扛着他的那一套家什走进了大山深处,如一枚坚果落进了疏秋。第二年,我考上了一所一类大学。走时,山中开山炮仗一声一声直插云霄。群山,淹没在我的泪水里。从这一天起,我开始了一种真正的生活。

多年的梦里,这炮声犹在耳际,诉说着我与父亲一起走过的岁月。父亲是在用一种仪式为我壮行,那一声声冲天的梦想,时时唤醒我:人活着,不能、不仅仅只为了自己!

✎ 知心暖语: 父爱如山,每一个做父亲的都希望自己的孩子能有出息。文中的父亲,为了孩子可以连命都不要地选择采石挣钱供儿子读书。当自知无力供养儿子读书时,年老的父亲发出了如狼般凄凉的嘶叫。当儿子打工病倒了,年迈的父亲全然不顾自己有病的身体,毅然决然为了救自己的儿子,宁愿把自己蜗居在狭小不透气的后备厢里蜷缩着,也不愿意多占了供儿子养病的地方。每读至此处时,眼泪就忍不住想掉下来。文中的父亲就如一座大山,不管孩子有多疲惫不堪,他都是孩子身后最伟岸的心灵依靠。有这样的父亲在身边,真是孩子一辈子的福气。

原谅我也是
第一次为人子女

父亲的爱有多长

◎卫宣利

　　她对父亲的记忆，是从5岁开始的。那天晚上，他和母亲吵架，她被吵醒后睡眼惺忪地从自己的卧室里走出来，迎面飞来一只杯子，正打在她的额角上，鲜红的血，顺着眼睛流下来。她还没哭，母亲已经吓得大哭起来，他也慌了，愣了片刻，才醒悟过来，慌忙地抱起她往医院跑。医院离家，有十几公里的路程。他一路飞奔，不断地有水珠落在她的脸上。他不停地叫她的名字，声音温柔而急切。她故意不理他，身体软软地瘫在他温暖的怀里。他急了，丫丫你别吓我啊。她猛地用手攀住他的脖子，附在他耳边轻声说："爸爸，以后别再和妈妈吵架好吗？"

　　父亲笑了，笑着又哭了，他说："丫丫，以后不许再吓爸爸……"他的声音有些哽咽，把她搂得更紧了。

　　那以后，他果然再没和母亲吵过架。

　　进入青春期，她长成一个亭亭玉立的姑娘，课桌的抽屉里常常有男孩子偷偷放进去的纸条。那一天，她慌慌张张地拿起书包上学，

第二章 春风沂水

书包带突然断了,书本掉了一地。他蹲在地上帮她捡书,一张纸条悠悠地从书里掉出来,上面写着:"星期天一起去郊游,我等你。"纸条的主人,是她一直暗恋的男生。

他将纸条拿在手里,看了又看。她脸红心跳,低眉垂眼不敢看他。他却什么也没说,将纸条折叠好,重新夹进去。

星期天,她骑车跑了二十多公里,到郊外和那个男生会合。路上,天突然变了,雷鸣电闪,大雨如注。她冒雨赶到约好的地点,却空无一人。一个人站在荒郊野外,满怀的热情被雨水一点点浸湿,失望和恐惧交织在一起,终于忍不住哭了。却突然听到一个熟悉的声音:"丫丫别怕,爸爸来了。"

那以后她再也没对学校的男生动过心,她在心里发誓,以后找男朋友,一定要找他这样高大俊伟、坚实可靠的男人。

高二的暑假,和同学一起去玩。路上,她坐的那辆车和另一辆车相撞。父亲赶到医院时,她已经躺在手术室。手术清醒后再见到他,她几乎认不出他,他的面容变得苍老而憔悴,眼角和嘴角一直在剧烈地跳动,一头黑发全变成了苍灰色,高大的身躯突然就佝偻起来。不过一夜之间,他就老了十几岁。

医生的诊断结果:中枢神经损伤,截瘫,以后的日子将在床上过。他没敢把这个结果告诉她,自己在医院的厕所里抱着她的鞋号啕大哭,铁骨铮铮的他,完全像个无助的孩子。他整整在她的床前守了三个月,给她翻身,喂她吃饭。

几个月后,他发现她腿上的肌肉开始萎缩。他终于不顾医生的告诫,执拗地要为她穿上鞋让她下地。他说:"丫丫,咱不能就这样认命,你得站起来!"他慢慢地把她移到床边,他和母亲一人扶她一只胳膊,努力地想要让她站起来。可是她瘫软的双腿根本就不听使唤,她的身体不停地打战,豆大的汗珠从脸上滴落,他们也累得气喘吁吁。但是他依然坚持着不肯放弃,坚持的结果是他摔倒在地,她也重重地跌倒在他的身上。

原谅我也是第一次为人子女

她终于绝望，伏在他的身上歇斯底里地哭起来。

他长叹一声，老泪纵横……

她的脾气变得格外暴躁，不过是妹妹穿了她以前穿过的裙子，她便不依不饶，掀翻了桌子，顺手操起一个酒瓶便往她身上砸去。他把妹妹挡在身后，酒瓶结结实实地砸在他的胳膊上，锋利的玻璃片划破了他的胳膊，血一下就流了出来。他的手高高抬起，巴掌似乎要落到她的脸上。她闭上眼睛，歇斯底里地喊："打吧打吧，打死才好……我这样活着还有什么意思？……"他的巴掌并没有落下来，脚狠狠跺了一下，冲她怒吼："你还要闹到什么时候？你瞧你那点儿出息！"

那天晚上她辗转不眠，他在窗外拉了一夜的二胡，他把所有的愁绪都放进了曲子里，把二胡拉得凄切苍凉。她在他的哀伤里愧然落泪，她分明看到一颗被辜负的父亲的心，向外淌血。

第二天吃早饭的时候，她对他说："爸，到图书馆给我办个借书证吧。"他看着她，眼角和嘴角的肌肉又剧烈地跳动起来。他的手明显地颤抖了一下，夹的菜全掉在了桌子上。

此后，每天午后，在通往图书馆那条两旁长着高大的银杏树的路上，常常看到一个中年男人推着一个女孩子。有时候女孩兴致勃勃地讲书里的故事，男人听着，安详地笑。

她的第一篇文章，发表在市报上。他跑到报摊上，买光了当天所有的报纸，然后傻呵呵站在街上，见人就发一份，重复着一句话："今天的报纸上，有我女儿的文章。"她远远地看着，泪水一次次湿了双眼。

那天父亲做了一桌的好菜，他还喝了酒。那是她病后父亲第一次喝酒，他醉了。醉意中，他抓住她的手，语无伦次地说："丫丫，你是爸爸的骄傲……你不知道，爸当初有多担心你……"他趴在桌子上，像个孩子似的，"呜呜"哭了。

她用手轻轻抚过父亲满头的银发，那每一根发丝上，都写着一个父亲的煎熬和挣扎，担忧与呵护。她的泪水潸然而下。

第二章 春风沂水

她恋爱了。对方是个中学教师，脾气很好，人也细心。她结婚那天，按照当地的习俗，是应该由父亲抱她上车的，可是她走的时候，却到处都找不到他。她其实很想跪在地上，给父亲磕个头，认认真真地跟他说一声："爸，我走了。"可是父亲，并不给她这样的机会。

婚车从父亲给她折白玉兰的小花坛旁经过，她突然看见父亲正在那个花坛前的台阶上蹲着，目光空洞地看着来往的车辆和人，手在脸上抹了一下，很快又抹了一下，像是在擦泪。车走得很快，她不断地回头看着那个越来越远、越来越小的身影，泪一滴滴落在洁白的婚纱上。

结婚第二年，她怀孕了。她的身体状况，是不允许生孩子的，丈夫和母亲劝说她，她不为所动。于是母亲便搬来了父亲，父亲看着她，只是说："丫丫，你自己要当心啊！"

她的反应很厉害，父亲便住到她家里，买了烹饪的书，一天到晚研究怎样吃对她好，吃什么对孩子好。八个月，她被父亲养得面色红润，娇美如花。

将近预产期，有一天晚上她突然心烦意乱，两点多时起来去书房，打开客厅的灯，猛然发现父亲正在沙发上坐着。看见她，父亲紧张地问："是不是不舒服？要不要去医院？"她看见茶几上的烟缸里，满满的都是烟头，父亲笑笑说："反正也睡不着，怕你有事情……"

临产，医生说要剖宫产，让丈夫在手术单上签字，父亲一再叮嘱："如有意外，一定保大人。"那天夜里，父亲说什么也不肯回去，他在病房外面的长椅上坐了一夜。凌晨三点，终于听到孩子响亮的哭声，护士出来说："是个女孩，母子平安。"父亲激动地在走廊里搓着手来回走，却只走了两圈，就晕倒了。

醒来后，医生埋怨他，这么大年龄了，血压还这么高，跟着折腾什么啊？他却拉住医生问："我女儿，她怎么样了？"

爱一个人，究竟能爱多长？张小娴说："我们能够爱一个人比他的生命更长久，却不可能比自己的生命更长久。我们爱的人死了，

原谅我也是第一次为人子女

我们仍然能够永远爱他,但是只能够爱到我们自己生命终结的时候。"

她想说,不,不是这样的。有一种爱,是会比他的生命更长久的,哪怕有一天,他的生命已经终结,他的宠爱和心疼,仍会长长久久地伴她一生——那是世界上最深沉博大的父爱啊。

知心腹语: 问世间谁会真心实意地陪我们更久?除了父母便很少再有其他人了。父母的爱,永远都是天底下最无私的付出。文中的女孩与我们同龄人所经历过的事件一样,不管发生任何困难事,前方都有父亲在为我们硬顶着一切。悲伤时,父亲在身边默默地陪伴,高兴时,父亲在默默地为我们高兴。当我们意志消沉时,父亲会在旁以身作则默默地为我们鞭策打气。当看到自己的儿女们都可以自力更生,努力生活得很好时,父亲的笑里更多的是满足,是欣慰。这样的父亲,如同天底下所有的父亲一样,只管无私付出,从来没想过要得到。这样的一种无私之爱,一辈子都不会嫌太长的。

袖口上的母爱

◎ 心 灵

　　祖母病危,父亲领着母亲和我们兄妹急匆匆回到祖母居住的农村老家。已经八十高龄的祖母被冠心病折磨得清瘦、憔悴。
　　父亲奔到祖母炕前的时候,祖母浑浊的眼神中透着牵挂,她艰难地伸出颤抖着的双手,父亲看出了她的用意,忙把手伸给她。祖母用爬满青筋和老人斑的双手,反复地摩挲着父亲的袖口。初冬季节,父亲的呢外套里面穿着一件手工做的棉衣。这件棉衣就是祖母亲手缝制的——棕色的软缎子面料,针脚密密的,蚕丝的芯儿。母亲说祖母做那件棉衣,就为了爸爸在冬天也能穿得轻巧、合体、耐磨。
　　祖母说话已经很艰难了,她喉咙里咕哝了几声,费了很大力气说了一句话,我听出是三个字,但没听出她说的是什么。
　　祖母说完这句话,好像完成了等待已久的任务似的,渐渐陷入了昏迷。
　　抽噎的我和妹妹被亲戚拉到门外:"别在老人跟前哭,人马上要走了,给她留点儿清净。"我问妹妹:"刚才奶奶说的什么?"

— 137

原谅我也是第一次为人子女

妹妹黯然地回答:"她放心不下爸爸的冷暖,说的是穿厚点儿。"我又红了眼睛,独自发着呆。

"穿厚点儿!"这是一位80岁的老人对儿子说出的最后三个字。

知心暖语: 母爱,不管多少岁都依然存在。文中的老母亲,已经80多岁了,在快临终的时候,依然不忘担心自己的儿子会受凉。苦撑着最后一口气,只为了告诉儿子,以后的日子里,你必须得自己照顾自己,穿厚点儿。这样一种发自内心深处的对儿子无私的母爱,被刻画得入木三分。无论年纪多大,母亲永远都是那个最温暖的存在。是值得我们用一辈子去呵护关心的人。请善待自己的母亲,不要等失去了再来后悔,等到那时就彻底晚了。

尘土里的便士

◎ [加拿大] 欧内斯特·巴克勒 译/钟平

傍晚,父亲还未入葬,我和姐姐漫步在暑气未消的土路上,回忆着桩桩往事。我们像家里的其他亲属那样,在自己出生的地方再次相聚,尽力想让自己回到那陌生的童年时代。

"你还记得我们以为你失踪了的那天下午吗?"姐姐问道。我记得。那是很久以前的事了,那时我才7岁。况且,就在昨天发生的事又唤起了我对此事的记忆。

姐姐说:"我们到处找你,先到教友聚会的地方,后来又到黑浆果树荒坡。我们甚至还查看了水井。我想那时是我第一次看到爸爸真正烦恼不安。当人们告诉他你不见了时,他连卸牛辕也顾不上了,径直窜过汤姆·里夫烧的草木堆,差不多就是从火苗上冲过去的,去找你。没人劝得住他。可你却躺在床上呼呼大睡着!"我没吱声,她接着说:"丢便士那类的事都已成了过去,对吗?"是啊,这些事都过去了。她大声地笑起来。"你小时候很怪,对吧?"

是的,我是个怪孩子。但那件事却另有蹊跷。在那天以前,我

原谅我也是第一次为人子女

从未见过崭新的、闪闪发亮的便士。我原以为便士都是乌黑的,可那枚便士却像金子一样闪亮。而父亲又把它送给了我。

你得对我父亲有所了解,可这不好说。如果说到他整日劳累,又从未见他匆忙过,那么他似乎是迟钝的人。如果说到我小时候他从未抱过我,终生不曾有过笑声,那么他又是毫无幽默、一本正经的人。每当我在厨房里滔滔不绝地谈论着充满幻想的计划,只要他一进门,我便哑然无声。说到这点,你会认为他是个冷漠的人,我有点儿怕他。但是,这些看法都不对。

他少言寡语,面对一个充满想象力的孩子真有点儿不知所措。这一点你没法说清楚。你得知道,我是话中有话。那就是,似乎他每次走近我童年世界的大门,他那脚踏大地的平稳步子又把自己止住了,似乎他每次闯入这个世界都怀有尴尬、冒犯之感;一听到他在门外坚定的脚步声,我就觉得童年世界的可笑和脆弱。对此我只是感觉到了,但并不理解。在他整修大花园之前,哪怕是在春末,他也总要给我划出一小块地,让我种豆子和其他发芽快的种子。他从不问我要几行地,但是,如果他给我留了3行地,而我想要4行,我也不能要他换。如果他走在运草料的牛车前,我跟在后面,即使是我很想搭车,也不能要他把我抱上去。除非他看到我在拉缰绳,他是绝不会让我坐车的。

可就是他,我的父亲,给了我那枚金光闪闪的新便士。

他曾多次从口袋里掏出那便士,佯装要辨认币面的年代,而实际上是等着我注意它。倘若我未表明喜欢他的礼物,他是不会随便给我东西的。

"皮特,如果你想,就拿去呗。"他终于开了口。

"噢,谢谢。"我只说了这么一句,我已无法表达我急切的心情。

拿到钱币,我先向商店走去。那时,一个便士就能买到一筒妙不可言的"高个儿汤姆"爆玉米花。天才知道玉米花里有些什么神奇的玩意儿。我那闪亮的便士将永远消失在老板装钱的黑色拉线袋

第二章 春风沂水

里。我越是想着这点,离店越近,我的步子就拖得越慢。我索性在路上坐了下来。

那是8月的一个下午,一切都静得出奇。散发着气味的叶子和砍下的丁香仍垂挂在太阳底下。太阳打着盹儿,活像一只小猫蜷缩在我的肩上。路上精细面粉一般的厚厚尘土飘洒在我裸露的踝关节上,既暖和又柔软,像在睡梦中一样。凉爽的沼泽地里传来了刺耳而沉闷的牛铃声。

我搁下花钱的主意,开始玩弄起这枚便士来。我闭上眼睛,把它深埋在沙土里;然后,仍不睁开眼,转上一圈后又回来找钱。就这样,我一个人玩得挺开心。每次我发现闪闪发亮的便士的边缘时,兴奋不已。我玩了一遍又一遍。唉,就是最后一次坏了事。

天快要黑的时候,我被他们在屋里激动的谈话声吵醒了。是母亲找到了我。我猜测,以往黄昏降临时,母亲总想着我已上床。我想她去那儿找我,也没有十分的把握,只是像人们在失物放过的所有地方寻找失物那样。当她打开门,我奇迹般地出现时,她突然失声哭了起来。

"皮特!"她哭喊着,自己也弄不清那瞬间解脱的表情是什么模样。"你到底去哪里啦?"

"我丢了便士。"我说。

"你丢了便士……可你干吗上这儿来躲呢?"

要是父亲不在场的话,我也许会把一切告诉她。可当我望着父亲堂堂正正站在那里的样子,就像黎明打破了痴梦的记忆一般。在那神奇的8月下午,似乎一切都能变成真实,我把那枚便士埋下又抓出来,脑子里充满幼稚的幻想。要当着他的面讲出这一切,我怎能忍受得了?我整天肚子里难受,最后却不得不相信,便士确实已丢了,这我怎么解释?我并不是存心要躲他们,这我怎能说清楚?只有这里才可能逃避那失落后的难言之感,凭我当时的理解和表达能力,这又怎么讲得明白呢?

原谅我也是
第一次为人子女

"我丢了便士,"我又说了一遍。我望着父亲,然后脸转向枕头里说,"我想睡觉。"

"皮特,"母亲说。"都快9点了。你还没吃一口晚饭。你几乎要吓死我们啦,你知道吗?"

"你还是吃点儿饭好。"父亲只说了这么一句。

我想他再也不会重提此事了。可是第二天早上,当我们拿起干草叉,准备翻晒丁香时,他看上去要推迟一会儿下地的时间。他把叉子插在地上,尽管水壶已满得不能再满了,他还是又拎了一桶水来。他拔出了用来拴住轭木皮带的木瓦钉子,又原原本本地塞了回去。他走进猪圈,看看猪有没有吃完早食。

这时他突然冒出了一句话:"你真不知道你在哪儿丢的便士?"

"我只知道大概位置。"我回答说。

"让我们来试试看能不能找到它。"他说。

我们一同沿路而下,由于各自都知道对方的心思,走在一起怪别扭的。他没拉我的手。

"就在这个地方吧,"我说,"我就在这儿拿便士在尘土里玩。"

他瞧了我一眼,但没问我在尘土中玩便士能玩出什么花样。

我也许早就该知道,他能找到的。为做口哨,他能用大折刀在桤树皮上划一圈,用力恰到好处,既不弄破树皮,又能在划口处把树皮脱出。他那双大手能把一团缠得越来越紧的线解开。如果我弄断了小车车柄,断成看上去无法修理了,他会拿走,再还给我时,你若不是有意挑剔,是难以看出原来破损的地方的。

父亲双膝跪下,手指小心翼翼地在尘土中耙动,犹如耙地一般。他不像我那样在土堆里乱抓一气,触及的范围也比我大。他好像一下子就找到了那枚便士。

他捏着便士,好像把它递给我的那一刻钟,他怕说的话是非说不可了。如果有话要说,就再也不能等下去了。

"皮特,"他说,"你不必躲起来。我不会揍你的。"

"揍我？噢，爸爸，你别以为由于这个……"我觉得难过，倒像我揍了父亲似的。这时，我只得向他讲实情了。因为只有实情，不管怎样可笑，才能真正消除误会，驱散他脑中那可怕的想法。

"我不是要躲开你们，爸爸，"我说，"说实话，我埋下便士是在玩挖宝藏的游戏。我在挖'金子'。当我丢了便士时，我真不知道该怎么办，真不知道往哪儿去好……"父亲头往前低着，好像是全神贯注地听着。我不由得要再讲清楚些。

"我把便士当作金子，"我使劲地说着。"我想给您买一架割草机，这样您每天就能早点儿收工。我想给您买一辆大轿车，收工后您和我就可以乘车进城。全城的人都把目光转向我们，看着我们在大街上开车……"父亲的头一动也不动，好像在耐心地听我把话说完。"一路上又说又笑。"我这样说着。这些真实的细节使他对我深信不疑，使他十分激动，谈话声变得越来越高，我笑得很开心。

后来，他仰起头来，我还是第一次看到他眼含热泪。7年来，他第一次把我抱在怀里。

然而，我觉得奇怪，为什么他犹豫了一阵子，又把那枚便士放回了自己的衣袋。

昨天，我终于明白了。我从未发过财，我们也没有一起乘过轿车。但是我想，他还是照样知道那种滋味。昨天，当我们翻出他的好衣裳时，在他背心上端一个从不放零钱的口袋里，我发现了那枚便士。它仍然金光闪闪。他一定是常把它擦得亮晶晶的。

我把那便士放回了原处。

知心腰语：很多时候，父爱对于孩子们都是隐忍藏在心里的，不到万不得已，大多数父亲都不会直白地表现出来。文中的父亲就是这样，为了锻炼孩子从小的责任感，他会以孩子的实际行动来作为参考，决定是否给予孩子便士奖励。当文中孩子因为玩挖宝藏游戏，把给他奖励的便士弄丢了，因怕父亲怪罪，迟

原谅我也是第一次为人子女

迟没回家时,父亲焦急寻找的过程,经姐姐之口告知孩子时,父亲爱孩子的心一下彻底倾泻而出,引人共鸣了。在孩子被感动的同时,我们读者也被深深地感动了。其实,天底下每一位平凡的父亲都是这样做的。他们虽然没有高调的言语来表达对孩子们的爱,但是他们为我们所做一切的心,都如同埋进尘埃里的便士一样,不管被埋多久,只要被挖出,就会有如便士般闪闪发光的心。

爱的偏方

◎ 周莹

小时候,我一直患哮喘病。因为家在农村,姊妹众多,经济条件很差,住不起医院,父亲为给我治病费尽了心思。

8岁那年的冬天,我的病患得厉害。看着我喘得满脸通红接不上气来,父亲就急得坐立不安,生怕我活不过腊月三十。

他逢人就打听,你有什么法子可以治好我女儿的这个病?终于,功夫不负有心人。有个过路的老先生告诉了父亲一个秘方:把一枚鸡蛋放到蟾蜍的嘴里,埋在燃烧的草木灰里烧,等鸡蛋烧熟了再吃。两天吃一个,一般吃上两三个疗程,自然就好了。

"那鸡蛋熟得了吗?"憨厚的父亲睁大了惊恐的眼睛发问。"怎么熟不了?就是要利用热气使蟾蜍嘴里的唾沫冒出来,然后鸡蛋就熟了!"老先生信誓旦旦地补充,"这法子挺灵验的,治好了很多这样的病。但是有一条,就是12岁以后效果明显差些。"

父亲乍一听,高兴坏了。转念一想,又愁眉苦脸的。蟾蜍俗称癞蛤蟆,是有毒的动物。吃了不会坏事吗?父亲整整思索了一天一夜,

原谅我也是第一次为人子女

最终决定尝试一下。可母亲持反对意见。倔强的父亲硬是不顾母亲的坚决反对，要出去逮蟾蜍烧鸡蛋给我吃。

母亲说："就算是有用，这大冬天的，也找不到癞蛤蟆了啊。只有等到明年春天插秧的季节，它们自己蹦出来了，你就可以逮了。"

父亲火了："娃子的病能够等到明年春天吗？我要撬开洞，直接逮睡着了的！"父亲固执地认为：也许，睡着了的癞蛤蟆，嘴里的唾沫多一些，烧鸡蛋吃更好呢？母亲笑父亲太幼稚："你知道它们的洞在啥子地方呀？""找啊！就在水田附近的坎子里呗。"母亲拗不过父亲，只好由着他去撬蟾蜍的洞穴，寻找冬眠中的小生命，来拯救病弱的我。

父亲清晨就出门了，非常辛苦地挖掘了很多的洞穴，都不见蟾蜍的踪迹。父亲瘫坐在寒冷潮湿的地上，有些气馁了。邻居家的老奶奶看到父亲救女心切，用着颤颤颠颠的小脚跑到田埂上告诉父亲，冬眠中的蟾蜍一般都躲藏在向阳的石头坎子附近，那里透气性比较强。父亲来劲了。又抡起锄头开始挖掘。

就在父亲累得满头大汗时，有人站在村口的大树下呼叫："东边张家的老奶奶患病了，赶紧喊几个人，用担架抬着她去医院抢救啊。"

正在全神贯注寻找蟾蜍的父亲，扔下锄头，惊慌失措地跳下田埂，飞快地朝村东口奔跑而去。

父亲到了张奶奶家，手脚麻利地绑着担架，然后，就把担架搁在自己肩膀上，和几个年轻的后生们，一起吆喝着向镇医院飞奔而去。

日落偏西的时刻，父亲才从医院回来。他没有回家，直接到了水田坎子附近，捡起锄头，继续开始挖掘。

果然，没有多大一会儿，就有四只蟾蜍在睡眠中成为父亲的囊中之物。

当父亲把塞有鸡蛋的蟾蜍埋进红通通的草木灰里时，胆小的母亲问："你真要给她吃这个呀？要是吃坏了咋办？"

第二章 春风沂水

"不是她吃。"

"不是她吃!"母亲吃惊了。"那哪个吃啊?"

"我吃!"

"你吃?"母亲更加疑惑了。

"你不是怕有毒吗?那我先吃了看,要是没有问题,再给她吃不就行了。"

母亲瞪大了惊恐的双眸,半天缓不过神来。

过了一会儿,火坑里"啪"一下,响声清脆却惊天动地!母亲似乎吓住了。父亲的身躯也微微颤抖了一下。原来是正在烧的鸡蛋因为热气膨胀而发出的声音。

很快,鸡蛋烧好了。父亲把那个鸡蛋。从蟾蜍的嘴里掏了出来。三下五除二就剥去了蛋壳,熟透的鸡蛋有一股淡淡的清香,其中却透着一股说不出来的腥臊味。父亲把鸡蛋塞进嘴里。还没有来得及咽下去,母亲的手就伸过来,准备把鸡蛋从父亲的口中掏出来。父亲一急,就使劲一吸,热气腾腾的鸡蛋"咕咚"一下,瞬间就溜到喉咙里了。突如其来的变故噎得父亲只翻白眼,咽喉处立刻鼓起来一个大包。慌忙之中,父亲忙用粗糙的双手捶打着自己的胸口,咚……咚……咚……一下,两下,三下……那个大包缓缓地从喉部消失,但是父亲还没有缓过气来。母亲过来帮他捶着胸脯。"你想把自己呛死啊?"母亲气急败坏地叫嚷着。

"水……"父亲的声音微弱,用手指指茶杯,示意母亲。

母亲的泪很快就来了,如暴雨般急促。

"笨!哪有你这么傻的人啊!"父亲这才接过母亲递的水杯喝了起来。又过了许久,父亲方才喘过气来。

望着父亲难受的样子,泪水顿时溢满了我的眼眶,而父亲的举动使母亲惶惶然不知所措。

那天傍晚,父亲和母亲面对面坐在堂屋里,你望着我!我望着你!母亲的眼里一直有泪,目光一刻也不肯离开父亲。父亲打一个

原谅我也是第一次为人子女

喷嚏，母亲就把紧张得心提到嗓子眼上。父亲的眼皮打架，母亲紧张得眉毛都竖了起来。父亲盯着眼睛，母亲走过来拉着父亲的手，大声呵斥："不许你睡觉。你得看着我呀！"父亲就一直定定地看着母亲娇嫩的脸，英俊的眉宇间写满坦然自如。

一个小时过去了，两个小时过去了，半天过去了，父亲什么事都没有。晚上临睡前，父亲嘱咐母亲，如果明天早上我能够起来，过了12个小时的危险期，就可以给娃子吃了。

第二天，父亲很早就起来给我弄蟾蜍烧鸡蛋吃。那年，我吃了一个冬天的蟾蜍烧鸡蛋。从第二年开春以后，我的哮喘病再也没有犯过。

上学后，我翻看了很多医学书籍都没有找到关于蟾蜍烧鸡蛋能够治疗哮喘病的丁点儿记载。因此，我也一直没有为当时哮喘病痊愈找到合理的答案，这到底是因为父亲的爱心，还是因为吃了蟾蜍烧鸡蛋？

知心腹语： 父爱，就像一座山。很沉，但又温暖。父爱，是一条看不见的河，纵是再爱孩子也不屑用嘴巴去说。文中的父亲，为了治好自己女儿的哮喘病而不惜四处打听，自身试验。自己吃下有毒的蟾蜍鸡蛋，看看自己是否中毒再决定是否给孩子吃。文中的父亲，在试吃中由于慌乱被鸡蛋噎着的情节描写，更是烘托出父爱的伟大。全文文笔细腻、丝丝入扣、层层深入的写作手法，让人热泪盈眶，这就是父爱的力量。

姓爸爸的人最柔软

◎ 杨献平

30岁那年夏天,怀孕的妻子在酒泉卫星发射中心医院生产。

我一直想要个女儿,但是儿子也好——护士抱他走出产房,我只是看了他一眼——他也睁着眼睛,黑黑的,眼光扫过我,很快又被送进婴儿护理室。我担心妻子,没有和岳母一起跟着护士去看他。确认妻子安然无恙之后,我才去认真看了他——果真是另一个我,尤其是脸型,但眼睛、嘴巴比我好看。趴在婴儿床前,我忽然想起多年前那个于今看来并不"奇怪"的想法——另一个我真的来到了我存在的这个世界——如此真实,又如此陌生。

儿子在慢慢成长,长出第二颗牙齿时,就开始叫我爸爸了——我总是在想:是谁让他来到我的面前,成为另外一个我?我该怎样对他?他将来会是怎样的一个人?将来从事什么样的职业?有着什么样的品质?

夜晚的窗外,两棵老了的杨树不停拍打手掌。有月亮的晚上,可以看到很多闪光的沙子。儿子,在我们身边呼呼而睡,身上每一

原谅我也是第一次为人子女

个地方都是圆的，棉花一样的皮肤散发着浓郁的奶香——我从额头亲到脚，喜欢把他的一只手或者脚整个含在嘴里，轻轻咬。喜欢在月光下看他的样子，努力想象他未来成长的每一个可能的细节——冬天，一场大雪覆盖了巴丹吉林，也冻裂了水管，每天早上，门口和窗缝上都结着一层洁白的霜花。

成长，不仅仅是肉身，还有意志、精神、素质和灵魂——我的训斥和教育是徒劳的，只能被反抗。儿子也从来没把我作为具有威慑力的"爸爸"看待，在他心目中，我只是一个时常使劲抱着他拍他后背的男人，时常在床上与他打闹的人，时常咬他手掌、与他争抢玩具、在他妈妈面前"告状"的"爸爸"。他很调皮，又很安静。我想前者是儿子继承了我幼年的脾性，后者则抄袭了我现在的精神和肉身状态。

有很多时候，他突然冲过来抱着我，把脑袋贴在我的小腹上，一遍遍说："爸爸，我爱你！"我不知道儿子怎么了，心里一阵感动，眼泪流泻而出。我每一出差，儿子总会在第一时间出现我的面前，抱住我说："爸爸早点儿回来，一路保重，儿子爱你！"这时候，我不知道说什么好，回来时候总是给他买一些好玩、好吃的东西，还有衣服和喜欢的玩具。不然的话，心里就像欠了儿子什么一样，长时间惴惴不安。

很显然，在自己的成长历程当中，我忽略了自身肉体的变化，这时光中的植物、易碎品和速朽之物。对于儿子，我观察得细致一些，给他穿衣脱衣和同眠的时候，我有意无意看：虽然6岁了，身体上仍有一种奶香或者青草的气息，叫人迷醉和怜爱，忍不住抚摸和亲吻。把他抱在怀里的时候，我觉得是与任何人相拥都不曾有过的感觉……我不知道该怎样表达——想把他一口吞下或压进自己的身体。

儿子肯定不知道我的这种感觉，就像我像他一样小时，父亲用胡子在我脸蛋和胸脯使劲摩擦一样——这种爱是无以言表的，语言在它面前苍白无力。有时候与儿子分开睡，早上叫他起床——他赤着身子,或是趴着,或是仰躺,或是蜷缩,或是舒展。

吃过早点,儿子出发了,他下楼,我在阳台上看着他走——他背书包行走的样子让我内心潮湿。他就那么不紧不慢地走,姿势优雅而自觉——每次看他的背影,心中便有一种极其柔怜的感觉,浸软了骨头。放学时候,他和同学们一起走。有时候我去接他,他总是像鱼一样在众多的学生当中穿梭,被我逮住才不情愿地上车。相对而言,与同学一起回家,自然多了一些趣味——毕竟是隔代人,他一定体会到了与我在一起的枯燥。每次放学回家,洗手,吃饭,就趴在桌子上写作业——勤奋而认真,有时候背课文给我听——他给我讲解其中的意思;有时候让我给他画一些图形——这方面我是笨拙的,总是画不好,有时候他帮我校正——每次做完作业,都要我以他的口吻给老师写一张纸条——他说我写:"杨锐回家第一件事就是写作业,课文背得又快又好,声情并茂。请老师检查。谢谢老师。"从儿子这些话当中,我感觉到一种敬畏,或者说一种无意识和无条件的顺从。有好多次,我对儿子说出自己的想法——还没说完,儿子就急得脸红脖子粗,与我争吵说:"同学们都这样,老师就是这样说的!"我还要辩解,儿子扭头走了,找妈妈签字,好久不理睬我。

长时间在偏僻的沙漠地带生活,儿子像我一样不谙世事,单纯透明。背的书包一天比一天重,夏日上下学的路上,要穿过大片的楼房和暴烈的阳光,T恤湿透,脸庞黝黑。我觉得心疼,每隔一段时间,就和妻子带着他去酒泉或者嘉峪关玩耍——在广场和公园,让他玩遍所有的游戏项目。高兴了,儿子说:"今天我高兴得像乌鸦。"若有一点儿不顺心,便嘟了嘴巴,说:"我的心情坏得像鳄鱼。"

我听到了,觉得新鲜,但实在不知道乌鸦、鳄鱼和他的心情之间到底有什么联系。最近的一次,儿子忽然把我叫作"姓爸爸的人",这个词语让我有一种前所未有的震撼——或许儿子是无意的,只是与我发生矛盾时不想直呼爸爸,以此表示自己的一时好恶,但对于

原谅我也是第一次为人子女

我而言——儿子这句"姓爸爸的人"绝对是一个空前绝后的创造。

我想：我和儿子，是处在同一平面的人，也是相对的两个个体生命、两个人、两个世界、两个相交却越走越远的点、根系相连的丛生植物、一前一后奔跑的两只动物——儿子时常会对我说："爸爸，等我长到你现在的样子，你就像姥爷一样老了。"我看看他，眼神苍茫，情绪沮丧，摸摸他的脑袋，不知道说什么好。儿子看着我的表情，接着说："爸爸，我觉得伤心！"

我听了，内心犹如雷声滚过，一阵撕裂的疼痛。儿子哭了，眼眶红红的，把脑袋贴在我的胸脯上，吧嗒着小嘴说："你是姓爸爸的人，我是姓儿子的人。咱们是两个人，一个是爸爸，一个是儿子。对不对？"

知心暖语："父与子永远是在同一平面的两个个体生命。两个人，两个世界。是越走越远的牵挂，是更替相恋的重生……"孩子永远是父亲们精神的唯一寄托。文中的父亲，笔调轻柔，于丝丝细微描写之中，表达了对孩子无微不至的细爱。在这样一种平平淡淡、丝丝入扣的描写之中，我们读者也从其中感悟到父亲不管在任何时候，都是最爱我们的人，他的柔软随时都留给了儿子。

婚礼上的颤抖

◎晓蓉

我是在最近一次参加婚礼的晚宴上注意到那一幕的——

婚礼司仪请一对新人的至亲上台讲几句祝福的话，新郎的父亲作为双方父母的代表走上台，一手接过司仪递过的麦克风，一手从衣袋里掏出一张事先准备好的纸，折得四四方方、棱角分明，两只手一面一面翻开，所有可以念的字一点点变得完整。在一张16开的纸上，纸被右手握至1/2的位置，离我们惯常看书的距离远一些。我想他一定是老花眼，却忘记了戴眼镜。这位父亲开始念那些流于形式的字，声如洪钟，时而听到夹杂的颤音，继而一个高分贝的词会蹦出来盖住他潜意识的脆弱。他一直念，在故作镇静里愈来愈大声地念他的祝福与心愿。我一直抬着头，我看到他握纸的手在剧烈地颤抖，像秋风中欲坠飘摇的叶子。

这个很短的仪式落在我心里，让我觉出疼痛与残酷。在他走下仪式台后，婚礼上更热烈的掌声与喝彩此起彼伏，人声鼎沸的宴会，绚烂得似放了烟花。人们会很快忘记这位老人，因为他不是盛宴的

原谅我也是第一次为人子女

主角,他不过是最后一次履行他的义务与职责。天地永远是孩子们的天地,生活始终朝着孩子们快乐的方向行走。我主观地认为,这个仪式应该改为只需父母见证,而不是站在台上,穿着拘谨的衣服,读模式化的字句,然后心里一万次告诉自己不要紧张,还有,不必感伤。

而见识过大场面的父辈,又如何呢?我看过一个女同事的婚礼录像,同样的一幕重新呈现。我记得女同事当时说,他的父亲一生为官,开过无数次会,做过无数次报告,结果一样紧张得站在台上手一直抖。还有一幕,在婚宴之前,女同事的准老公去接她,出门前,女同事的母亲忽然抱住她,在她的脸颊上缀上一吻……母亲的心里,我猜想,已泪如雨下。

可见,迎来送婆,是痛并快乐着的。对孩子而言,成人的标志是成家立业。对于父母,儿女的婚姻意味着他们的人生旅程将开始转向,从此之后,他们可以像年轻时那样,牵着手,彼此对望,知心的话通过掌心的温热传达给对方。但是在婚礼上,在无数双眼睛的注视下,一个长者被逼至聚光灯下,他怎能不紧张得手足无措?

此时此刻,身份忽然变得没有了任何意义。

知心暖语: 当孩子一天天长大,最后终于可以成家立业的时候,对于孩子的父母而言,这又何尝不是另外一种和孩子的送别呢!从此孩子的人生里,父母再也不是孩子们的唯一依靠了,她们的人生终将转向另一个开始。她们的人生会有她们自己来掌控方向,做父母只能远远相望却不能干涉太多。当文中的父亲用颤抖着的手为孩子宣读结婚致辞时,那种发自内心的激动与落寞又岂是新婚的孩子们所能了解的。这种父母对于我们的无私大爱,只有等我们自己为人父母之后,才能感同身受地体会到父母有多么不易,所以有父母在我们身边的日子里,切记要善待父母才是。

【第四章】半天朱霞

DI-SI ZHANG　　BANTIAN ZHU XIA

妈妈们

◎ 雷淑容

我对她们一无所知。甚至不知道她们姓甚名谁。我们总在一个逼仄的空间相遇——一条走廊，一间休息室，一块空地，我们擦肩而过，我们比邻而坐，我们传阅同一张报纸，甚至听得见彼此的呼吸。但习惯上，我们只是相互点点头，便彼此无言。

我们这样相遇已经有好多年了，我最早跟她们碰面，是在医院。那时候我们都挺着大肚子，有男人相伴，半是羞涩半是坦然，等候在妇产科门外。

血压、心律、B超、尿常规、染色体……我们各自手里握着一张张单子，就像握着一个新鲜的生命——虽然那不过是一堆正常或非正常的数据与图示。好像一开始，我们就没想过记住对方的脸。我们只是默默地瞟对方一眼，眼神就滑到自己的大肚子上，那或尖或圆或凸或仰的样子，让人神往。

然后，我们又在产房相见。我们被一条条新生命绑架了。我们被绑在担架上，推进生产室。我们都被男人抛弃——或者我们都告

原谅我也是第一次为人子女

别了他们。我们一脚踏进自己的炼狱，呼号，呻吟，惨叫，拳打脚踢，汗如雨下，泪如雨下，只是在挣扎的间歇，我们默默地看着彼此，看着从天而降的苦难，以及恐惧、无奈、凄恻，但我们交换更多的是会意，是鼓励，是求生的意志和本能，是对新生命的神往。

印象里，这血雨腥风的会面，是最贴心贴肺的一次：我们都经过了一次洗礼，就好像开了一个秘密的会议，经历了一场密谋，一次训练。从此，身份、年龄都不重要，学历、爱好都可省略，容貌、身材形同虚设，虚荣、浪漫抛诸脑后。我们邻床哺乳，隔窗相望。

接下来，我常常在街头、商场、公园、游乐场看见她们。她们不修边幅，脸色苍白，步履虚浮，甚至闻得见奶水味和口水味——她们看我，亦如此。我们明明刚刚相遇，可转身就相忘于江湖，这并非因为无情，而是因为我们手中有更值得记住的东西：白白胖胖的婴儿，咿呀学语的婴儿，流着口水的婴儿，他们的身高体重，他们的吃喝拉撒，他们的一颦一笑，都是我们津津乐道的话题。他们的新鲜和重要反衬着我们的衰老和微不足道，有了他们，我们的相遇就有意义；没有他们，纵使相遇，也是陌路。

我们既熟悉，又陌生。慢慢地，我们的相见开始充满沉默——连寒暄和点头都省略了。

我们等在学校大门外，等在家长会的现场，我们在英语课、书法课、围棋课、钢琴课、网球课的门外等候，听任风吹头发，听任时间流逝，却听不到任何一句问候。我们还记着各自的电话，却不到万不得已，绝不拨响——因为孩子已经比我们记得更熟。

有时候，我们带着孩子在路上相遇——上学或者放学路上，我们的眼神正准备打招呼，可是孩子们夸张的喧闹拦截了这种愿望。我看着她们来去匆匆，步履如飞。她们有时妆容齐整，有时却衣衫散乱，有时和蔼可亲，有时气急败坏，有时神采奕奕，有时又萎靡不振——她们看我，又何尝不如此。

跟她们擦肩而过时，我就想，我认得她们，她们是谁谁谁的母亲，谁谁谁的妈,我会记住她们的脸,等二十年后,哪怕我们变成奶奶和外婆。

我跟她们最近的一次见面,是上个周末。孩子们在上英语课,我们在狭小的会客室等候。我们挨着挤着,没有人说话,看书的看书,读报的读报,隔壁,孩子的诵读声声可闻。暖气很足,渐渐地,我睡着了。

我是被手机振铃振醒的,我睁开眼,眼前的一幕让人眼睛一热:大家都睡过去了,有的歪着头,有的仰着脸,有的微微打着呼噜——仿佛这是一条船,摇晃在大海上,旅程漫漫,长夜漫漫,我们紧紧挨着,虽然无言,却感觉如此温暖。

知心暖语: 母爱是最伟大的。没有自己去经历过,压根无法体会得到当母亲的不易。从十月怀胎,再到孩子的衣食住行,每一件平凡的小事里,都有着母亲勤劳的身影存在。母爱是伟大的,宁愿自己隐忍受苦,也要为孩子奉献一切。这样的一种爱,似一缕阳光,让我们即使在寒冷的冬天也能让我们的心灵感觉到温暖如春。

陋室王侯

◎杨桦

我的孩子,你出生后将生活在一幢别墅里,三层的小楼,会让初来乍到者感到有点儿无所适从的房间布局,一个种着葫芦、葡萄的小院子。你有足够的空间玩耍游荡,有足够的书可以阅读,有足够的音乐可以聆听,你小小的心也许会以为,所有的小孩儿都是生活在这样的环境中的。

在遇到你的爸爸之前,妈妈一直是这个大都市里一个没有固定居所的人,带着姥姥,北京的南北东西都住遍了。自从你的姥爷去世以后,姥姥的笑少了好多,但我知道,她心里的爱一点儿也没少。那种四处漂泊,有时候连支付房租都困难的日子,没有爱是不好支撑的。不光是爱那与自己相濡以沫三十几年的丈夫,爱那秉性倔强高傲,有时出语刻薄的女儿,还爱花上 100 元钱买两桶漆,把一个租来的破旧小屋收拾粉刷一下,爱每个晨昏的散步,爱到女儿的房间里拿上本书,沾染些年轻时无暇沾染的书香。我的那些房车具备的男女朋友们,喜欢到我这里来聊聊天,因为姥姥的笑容和做的饭

第四章 半天朱霞

菜让每个进入这个家的人忘记了四壁陈设的简陋，而只感到内心的舒服熨帖。

这些朋友中后来有一个成了我的爱人，你的爸爸。他第一次到我的小屋里时大吃一惊，他原来以为高贵与雍容的气质只有在同样高贵与雍容的环境中才能培养出来。他已经有十几年没有看到过那么寒酸的房间，而我就端坐在房间里，那么平静，自然地读泰戈尔和纪伯伦给他听，我有时向他微笑一下，他看到我的牙齿如珍珠一样闪光，他的心就跟着剧烈地跳动一下。后来他就带我去看现在我们居住的这个家，那时他刚买下不久，正在装修。他的一位懂风水的朋友曾说，这房子装修好的时候，会有一个美丽的女主人入住。

我的孩子，你永远不要小觑那些外在处境不如你的人，不必在那些优于你的人面前低首下心，若你有一天身处陋室，我希望你仍然神闲气定，富比王侯。

知心暖语♥：永远不要去打击那些外在处境不如你的人，因为说不定某一天，他就有可能比你强，不必在意那些在你面前低首下心的人，因为有一天通过自己的努力，你也有可能超越于他。当我们深处逆境时，如能做到气定神闲，不抛弃不放弃时，那么我们心里的财富，就堪比王侯还要富有了。文中用笔者亲身经历的事件来做文章，娓娓道来的同时，其韵味也变得深长了，很值得我们去深思感悟。

原谅我也是
第一次为人子女

父子

◎ 程习武

　　一家人靠采药度日,父亲天天都要爬山去采药。
　　山大,山险,父亲风中雨中一日日爬,爬过了大半辈子。
　　儿子一天天大起来,父亲让儿子也爬山。父亲拿一根绳子,一头拴了儿子,一头拴了自己,父亲在前面爬,儿子在后面爬。第一次爬山的时候,站在悬崖下面,父亲问儿子:"你腰里的刀干什么用的?"儿子说:"到山上挖药用的。"父亲说:"还有呢?"儿子看看前面的悬崖,看看悬崖上郁郁葱葱的树木,又瞪大眼睛看父亲。良久,摇摇头。父亲说:"以后你会知道的。"
　　一日,父子俩看见绝壁上一大片草成坟状隆起,严严密密形成了一个包围圈。是参,是百年老参。父子俩奋力向上爬。父亲爬在前面,儿子爬在后面。没有路,只有陡峭的石壁,几乎无处可攀附手足。父子俩一点点往上艰难地移动,父亲抓住了一丛荆棘,离那棵参只有一步之遥了。突然,父亲感觉系在腰间的绳子猛地向下一坠,抓住荆棘的手几乎要脱开。紧接着传来儿子的惊呼。父亲低头看,

第四章 半天朱霞

儿子已经离开了石壁，被绳子吊着腰在半空中悠荡。

儿子的喊声惊惧而又慌乱。儿子喊："父亲，救我呀！"儿子的喊声在茫茫苍苍的山间传过去又传过来，传过来又传过去，久久不散。

父亲不吭声，父亲只是奋力往上爬。父亲要攀住那棵荆棘。这时候父亲明显地感觉到自己老了。他感觉到自己的十根手指似乎在一点儿一点儿地松下去，松下去。可是不能松，父亲对自己说，下面有那根紧绷的绳子呀！父亲什么都不顾，他只是向上，向上。后来他的胳膊攀上去了，再后来，他的整个身子都攀上去了。攀上去的父亲又一点点地把儿子拉了上去。

在攀上去的过程中，父亲的腰被别在腰上的刀硌了，但父亲没有感觉到。这一次的爬山使父亲大病了一场，然后父亲就明显衰老了。

衰老了的父亲仍然要坚持爬山。仍然是一根绳子，一头拴了父亲，一头拴了儿子。不过，父亲和儿子换了位置，儿子在上面爬，父亲在下面爬。

儿子说父亲老了，不让父亲爬。父亲却坚持要爬，父亲不放心儿子。

站在山脚下，父亲对儿子说，你该知道刀还能干什么用了。儿子瞪大眼睛看父亲，但父亲没有说。

一日又一日，风中雨中。一日，父子俩又在一面绝壁上看见一棵很大的山参。父子俩奋力向上爬。在儿子快要爬近山参的时候，爬在下面的父亲的手松了，父亲离开了绝壁，在半空中悠悠荡荡。抓住一丛荆棘的儿子感觉到父亲很重很重，很重很重的父亲就要把他拉着坠下山谷了。儿子很惊恐地大声喊："天哪！怎么办呀？"父亲不吭声，只是很吃力地从腰间抽出那把刀，朝绳子砍去。刀很锋利，一刀就把绳子砍断了。

绳子断了之后，父亲就朝山谷里坠下去。父亲的身子刚刚接触山岩，便有很长的一截绳子也坠下来，落在父亲的身上。绳子在父

原谅我也是
第一次为人子女

亲的身上颤颤地抖,似一条长蛇。绳子两端的刀痕都是齐刷刷的,刀快极了。

要是父亲能看到他身上颤动的那根绳子,他肯定会笑的——儿子到底明白了刀的用处——当父亲挥刀砍断绳子的时候,儿子也同时挥起了刀。儿子终于明白刀可以做什么用了。

知心暖语: 父亲为了让自己的孩子可以活命,宁愿舍弃自己的生命,这是多么伟大的奉献精神啊!文中的父亲,在儿子掉下悬崖,命悬一线时,拼了老命也要把儿子救上来。当年老的父亲命悬一线,要掉下悬崖时,老父亲为了不连累儿子,毅然决然地选择了用刀割断了连接自己生命的最后一根绳,把生的希望留给了儿子,把死的果断留给了自己。特别是文中孩子几次问到带刀干什么时,孩子的父亲在生命的最后一刻用行动告诉了孩子答案时,我们读者的心也被深深地刺痛了。天底下有这样的父亲在身边,就是人生最大的幸福,我们都该好好珍惜。

妈妈，你要记得输给我

◎ 夏川山

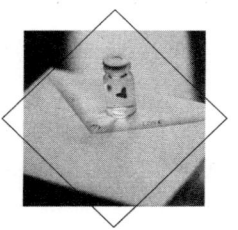

不爱运动，但我还是打了一场漫长的排位赛。

起初的排名，爷爷奶奶力拔头筹，因为我是他们喂大的。这个排名在我的潜意识里持续了很久，直到两年前除夕的一次剧烈的争吵，爸爸为了维护奶奶而指责你的时候，我"噌"地开始替你开炮。心底跳出一行战争宣言，"你有你的母亲要守护，我也有我的"。

妈妈，就是那个时候，我意识到，原来我真的爱你更多一点儿。

不知道爸爸听到我这样说，会不会感到不舒服。但我相信，这些年，他已经成长为一个足够广阔的男人。他不会吃醋的。

况且，动物界一向都是这样的。父母会偏向强壮的、更喜爱的子女；那子女若是有所选择，这很正常。我的文字偶像也对我说：心，就是用来偏的。

所以，妈妈，我还是觉得，在所有我深爱的人当中，我更爱你一点儿。

我更爱你，很大程度上是因为我遗传了你很多的缺点。

原谅我也是
第一次为人子女

这个答案没什么可意外的——偶像是用来崇拜和缅怀的，只有厮混过、交换过臭毛病的人，才能成为知己。这条朋友间的规律，我想，同样适用于亲子之间。

在我很小，你也很年轻的一次母亲节，你朋友的女儿为你朋友准备了一条细细的项链。那天你应该是很期待的，你以为你的儿子应该也像别人家的孩子那样知趣，可我只是闷头装傻。于是你冲我发火，开始念叨人家女儿多懂事。

那时我想，你虽然年轻，但也未免太幼稚。为什么不能理解一个晚熟且害羞的儿子，严重缺乏送礼经验的心情呢？

就像是除夕大战那天爸爸对我说的："你应该是爸妈的润滑剂，怎么这么不懂事呢？"我当时的反应是，我不听，我不听！你别跟我说这些，爱谁谁。我们都好幼稚。我真正发起脾气来，丝毫不像我写文章那样善于搬弄语言。我们习惯了撒泼，习惯了用各种狠话拼命怼对方，满脑子"爱谁谁""你给我马上原地爆炸吧"。

在你更年轻的时候，那时你大概跟我现在一样年轻，刚进入单位工作。好心的前辈提点你，要"见人说人话，见鬼说鬼话"。你不听，依旧"爱谁谁"。这点我也跟你很像。

我被安排上了许多关于说话的课程，老师会教我们很多神奇的公式，比如"批评下属的七个步骤"等。妈妈，我觉得这些教人说话的课程蛮暗黑的。反正我上完课后，说话技巧基本没学会，倒是越来越不想跟人说话了，总会本能地嘀咕："嘿，你是不是又在用技巧套路我呢？"

啊，人和人要用多少虚情假意来互相浪费。

我知道这样想不好，可我没办法。妈妈，你也曾有这样的疑惑吗？你也会有偶尔说了一句不是从心底钻出来的话，而看不起自己的脸红时刻吗？

真不敢相信，我今日能与你这样交心。

起初，我觉得你强势、尖锐，有点儿不讲道理。那时我常跟你吵架，

第四章 半天朱霞

当然,那时我还没能发现我们吵起架来风格很像。

每一回,我都以摔门作为高潮。你在门外气呼呼地走来走去,然后用手和脚砸我的门,怒骂:"夏川山,你开门!"

我也常用哭戏作为收场,因为我知道你会来投降。当我装模作样哭了好一阵,都有些尴尬的时候,一听见你拖鞋和地板柔和摩擦、由远及近的声响,心里就会松下气来,然后后悔为什么要吵啊。可能是我神经病吧。

妈妈,这些年,你输给了我多少次,你算算。我是已经记不清了。

同事近日诞下女儿。她说:"又黑、又胖、又丑。"我说:"你少来,这是赤裸裸地炫女。"她说:"每天都替她铲屎,睡觉也不让我安生。"我说:"别担心,她大概还要折磨你 20 年。"

"也有可能是一辈子。"我笑着说。

去年的这个时候,我帮电视台的女主持人做一本亲子书。为了做书,我看完了他们的所有节目,以及网络上的帖子。我发现,父母与子女之间,哪里是什么"今生今世不断地目送",明明是没完没了地撕斗。

婴儿期,无意识地捣乱,让你寝食难安;青春期,莫名其妙地充满敌意,以与你怄气为乐;成年后,你们在老姐妹间炫耀着孩子,而孩子却在讨论"朋友圈要不要屏蔽父母";再之后,有一天,真正地迎来人生里最隆重的一次目送,那时,才初次知晓离别的真正滋味。

陪你去给外婆送葬的那天,你哭着喊:"妈妈呀!"

妈妈呀,你要记得输给我,让我"臭不要脸"地多享受一点儿你的爱吧。

知心暖语: 母爱是一缕温暖的光,随时都照耀在自己孩子的身上。当我们婴儿期无意识地捣蛋时,母亲默默地承受着;当青春期来临,莫名地对母亲充满敌意时,母亲默默地谦让安抚

原谅我也是第一次为人子女

着；当成年后，在朋友圈里想要屏蔽自己的父母时，我们是不懂事的孩子。等有一天，我们真正能理解母亲的苦衷了，母亲却又离我们远别了。所以有母亲在身边的时候，务必请记得，好好善待自己的母亲，不要等到失去时，才后悔自己没有善待母亲。爱无须言语，只需多做便可。

母亲和她的母亲

◎陈铭训

我的母亲在最后几年还能走动时,有时心绪难平,会颤颤巍巍地独自上街拦下一辆三轮车,到下沃仔找她的母亲。母亲一进门就号啕大哭,只要外祖母一出现,微笑着拥着她坐在沙发上,她就会安静下来,偎在母亲的怀抱中,满脸幸福和满足——70岁的女儿偎在90岁的母亲怀里,这样的场景令人动容。

因为脑萎缩,母亲之后两三年都瘫痪在床,74岁便过世了。在我们看来,一辈子要强的母亲是幸福的,她先于外祖母而逝,是在老母亲慈爱的目光和浓浓的爱意中离去的。

外祖母在94岁高龄时无疾而终。临终前,老人呈昏迷状态。守护在旁的表妹说:"阿嬷整晚脸上都是焦急和寻觅的神态,嘴里不停地轻声呼唤着,俯下身倾听,阿嬷嘴里唤着的竟是'妈妈、妈妈'。凌晨,阿嬷脸上现出欢愉满足的神情,嘴里依然念着'妈妈、妈妈',声音停止时,阿嬷也含笑而去了。"表妹说,可能阿嬷是找到她的妈妈了,表情才由焦急转为欢喜,心满意足地去了。

原谅我也是第一次为人子女

多么令人震撼的一幕,外祖母一生阅历无数,有什么事能使她放不下的?在弥留之际,她急急寻觅的,竟然还是回到母亲的身边!母亲在所有人的心里或潜意识里,占据着多么重要的位置啊!我忍不住想,在浩瀚天国,外祖母凭什么找到自己的母亲?也许,当每个母亲诞下婴儿时,就把一种生命符号传给了婴儿,有了这个生命符号,人类才有了永远割舍不了的亲情,母亲才成了我们永远的思念!难道不是吗?只要你愿意,凭着这个生命符号,你就能在任何时候、任何地点找到母亲的"地址"。母亲在,家就在;母亲不在,不论我们多老,母亲都是我们永远的精神家园。

知心暖语: 母爱似一缕阳光,不管在哪,不管在多黑冷的地方,也能感受到如春般的温暖。不管多少年,不管多少岁,母亲爱的脚步和目光都永远在我们的身边。文中的老母亲,临死口中叫着的依然是自己的老母亲。母亲无论多大年纪,自己的母亲永远都是那个最温暖自己的人。文中感情真挚地描述了母亲临终时的情景,充分让满满的母爱得到了最好的诠释。其自然式的结尾,更是令人回味无穷!

那个叫母亲的客人

◎ 汤园林

正上班时,婆婆打来电话,说家里来了客人,问我能不能回家吃午饭。

手头正忙着呢,实在走不开,但是,中饭不能不陪客人吃啊,要不然太失礼了。于是吩咐婆婆,到餐馆点好菜吧,我一下班就赶过去。

结果,电话刚挂,婆婆又打了过来,说:"客人说了,就在家随便做点儿吃,你要是忙,就不用回来了。"

这怎么能行呢?这太不像话了!

但是,婆婆一报出客人的身份,我就坦然了。客人是母亲,既然是母亲,那也就不必讲究繁文缛节了,怎么着都行。

于是,那天的午饭,是婆婆和母亲一起吃的,两菜一汤,极其简单。而我,则约着同事们一起用餐。

晚上下班回家,母亲已经离去,客厅里,留着一大堆她带来的东西,吃的穿的用的,什么都有。

原谅我也是第一次为人子女

我看着那些东西,想着母亲在我家吃的那顿简单的饭菜,心里忽然就难过起来。

和朋友谈起这件事,没想到,一下子勾起了朋友潮水一般的回忆。

朋友说,她是个不喜欢做家务的人,平时在家里,连茶杯都懒得拿。但是,家里一旦来了客人,她就脱胎换骨,变成另外一个样子。

她会给客人沏一杯茶,即使别人说不喝,她也一定要坚持沏上。那些水果零食,她也鼓励客人随便扔,不用讲究。她觉得,人家到自己家做客,就必须让人家感觉舒服,不然,下次谁还来呀。

于是,每次客人一离开,她就要忙乎半天,洗茶杯,收拾茶几,拖地。虽然这些事她不爱做,但为了客人开心,她忍了。

那次,母亲来看她,一进门,她就要求母亲换拖鞋,给母亲拿出水果,却又生怕弄脏了客厅,就不停地嚷嚷:"妈,小心点儿,别把汁儿弄到地板上。"吃饭时,也不停地说,别把饭粒撒到地上,别把汤洒到桌子上。

总之,她的要求无止境,弄得母亲有些手足无措。为了保持地面干净,不让女儿清扫,她索性早早地离开。

母亲离开后,她看着一尘不染的家,忽然开始自责起来。

还有位朋友,是个热心肠,只要有客人来,哪怕只是泛泛之交,她也会放下手头的工作,全心全意相陪,把当地的小吃吃遍,把名胜古迹游遍,生怕客人不能尽兴。

这样的热情,自然让她人缘超好,找她当向导的人也越来越多。她从来不拒绝。人家千里迢迢奔你而来,怎么能让人家扫兴而归呢?

那次,母亲从老家来看她,不巧,那几天她正为工作焦头烂额,母亲就不停地说:"别请假,工作要紧,我都这么大年纪了,不想出去走,你每天晚上回家陪我说说话就好了。"

整整一周,她没有陪母亲逛过一次街,没有陪母亲去看城市里那些美丽的风景。她以为母亲真的不需要,直到母亲回家后,她打电话回去,弟弟问:"有没有陪妈出去转转啊?妈说了,这次出去,

第四章 半天朱霞

要好好地看看风景！"

她忽然悲从中来，眼泪大颗大颗地落在电话线上。

每个母亲，最喜欢去的地方，恐怕就是女儿家吧，因为那里，有她最温暖的牵挂。作为家庭主妇的女儿们，总是尽一切努力，让客人开心快乐，让客人感到舒适，感到被重视。可是，当母亲来做客时，我们从来没有想过要让她开心快乐，让她觉得舒适，觉得被重视。反倒是母亲，从来没有把自己当客人，宁愿委屈自己，也不愿麻烦主人。

在女儿的家里，母亲比任何客人都实心实意，可她从来没有享受过客人的待遇。想到这些，我的眼泪也止不住大颗大颗地落下来。

知心暖语： 母亲永远是那个愿意为自己的孩子无私奉献的人。为了孩子，母亲可以毫无怨言地体谅儿女的疏忽与粗心大意。母亲可以隐藏自己的需求，只为了让儿女们可以开开心心地生活得如意。母亲从来没有想过要让儿女们为难。她们从没有把自己当成客人。而是把真正爱儿女的心都藏在了女儿家做客的隐忍里了。文中的母亲与天底下大多数母亲们一样，为了儿女可以无限次地付出。有这样的母亲在我们身边，是我们一辈子修来的福气，值得好好珍惜。

原谅我也是
第一次为人子女

父与子，一对孤独的亲戚

◎［西班牙］何塞·加夫列尔 译／西木

几年前，当我的儿子很顺利地来到这个世界的时候，我像往常一样，还要出差，还有那么多的工作在等着我。

时光飞逝，儿子在不经意间便学会了自己吃饭，在我不在身边的时候学会了叫第一声"妈妈"和"爸爸"。

他成长得如此迅速，时间如白驹过隙。

随着他一天天长大，他经常问我一个问题："爸爸，有一天我一定要像你一样。爸爸，你什么时候回家？"

"不知道，孩子，但我保证我一回家就陪你玩儿，我保证！"

后来，儿子年满10岁了。他对我说："谢谢爸爸送我的足球，你能和我一起玩吗？"

"今天不行，孩子……我还有很多工作。"

"那好吧，爸爸，我们改天再一起玩。"他善解人意地微笑着跑开了，唇齿间似乎总留着那句话，"爸爸，我要像你一样！"

后来的日子，我反复对他说着："不知道，孩子。但我保证我一回家就会陪你玩儿,我保证!"

一转眼,儿子已经进入大学了。他长大了,成了一个真正的男人。

"孩子,我为你骄傲。坐下来,让我们聊聊。"

"今天不行,老爸,我还有约会,给我点儿钱,我要去见几位朋友。"

再后来,我退休了,儿子有了自己的家。今天我给他打电话:"嘿!孩子,我真想你。"

"我也是,老爸。但我真的没时间回家,您知道,还有一大堆工作没完成,家里还有小不点儿……但谢谢你能打来电话,真高兴能听到你的声音……"

挂断电话,我突然发现,他真的很像我。

知心暖语: 曾几何时,当孩子顺利地来到这个世界的时候,父亲却因为忙工作而忽略了孩子。转眼间孩子长大成为真正的男人时,父亲却和孩子互换了角色,成了需要孩子陪伴的人。作者在细叙之中,把父与子之间的情非得已,实属现实的无奈也表现得淋漓尽致,让人细读之后,也忍不住深思,是不是该多抽出些时间陪父母了。做父母的艰辛与不易,更需要我们随时陪伴与感恩。

当你老成了我的孩子

◎ 黄金梅

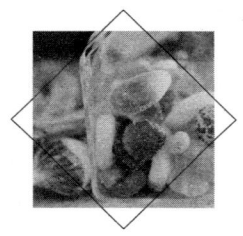

你躺在床上怯生生地看着我,像犯了错的孩子等待着家长的呵责。我一边用目光尽量柔和地迎向你那惊慌失措的、与年龄不相称的眼睛,一边走到床前掀开被子,褪下你的裤子,果然,你又尿床了。

这就是得了两次脑卒中,又得了阿尔茨海默病的你!

母亲总是很忙,于是我揽下了照顾你的活儿,在上班前下班后。

20岁的我学会了给人换尿布,学会了给人洗澡,学会了如何逗孩子(智商如孩童的你)开心,学会了挎着装着沾满屎尿的尿布的篮子去河沟洗,像一个小媳妇。

你像孩童一样依恋着我。

常给你洗澡,总希望你的身体如我般洁净。调好洗澡水,去抱八九十斤的你,力小的我总是两手抄在你身后,深吸一口气,心里先生出一股蛮力来,再双臂运力将你抱起,稳稳地、轻轻地放入盆中。我用毛巾柔柔地擦洗那一根根突出的肋条下满是老年斑的松弛皮肤。你总会嘿嘿地笑,带着少女般的羞涩,任凭我揉搓。

第四章 半天朱霞

你吃饭，总是在堂屋。盛好饭菜，放上汤匙，我便会在一旁候着。我得时不时地为你拭去下巴上的米粒和溢出的汤汁，还得时时提防你拿汤匙的手把碗碰翻，一如刚会吃饭的孩子。但我一定不会去拾桌上的米粒送到你嘴里，如当年的你一般。

天凉了，你枯瘦的手冰凉冰凉的，如那冰块。你为什么不哭呢，如同放学回家，冻得直哭地扑向你的儿时的我？我会拉过你的手，把它放进我温暖的怀里，一如你把我冰冷的小手放进你温暖的怀里一样。

因为我的一时疏忽，你摔了一跤，摔破了高耸的眉骨，渗出丝丝血来。看着那血，我一阵头晕，心里难过极了，又害怕极了——你会不会死呀？我手足无措，只知嘴里不停地向你赔礼道歉："奶奶，对不起，对不起。"眼泪就滚下来了。你咧开嘴笑了，竟安慰我："不哭，不哭，不疼，真的，一点儿都不疼。"

你临终前，吞咽困难，三天没进一点儿食物，喉咙里发出呼噜呼噜的响声，痰在喉咙里，可你已无力吐出来了。看着你痛苦得扭曲的面容，我仿佛看到了死神正虎视眈眈地盯着你，把它的魔掌罩在你的头顶，年轻的我第一次从内心深处对死亡感到了恐惧！

后来我常想，20岁的我太年轻了，太无知了！即使不知道呼吸器，还是可以用嘴把你喉咙里堵塞的痰吸出来的。可当时的我却不知道！也许，你还能多活一些时日，也许，临走时能少一些痛苦。想起这些，我常常自责，为我的无知。

20岁的我就知道，我会是一个孩子的母亲，我也将是一个孩子的祖母，或许我还会是一个孩子的曾祖母。我会爱他们，如同你爱我一般。

常看到或蓬头垢面，或衣冠楚楚为一日三餐、为家人幸福奔波的人们，他们一定也很渴望被人疼、被人爱吧？看着他们，我心里总会有一种情感在膨胀，那是爱。

我知道，这都因为你，是你让我在被爱中学会了如何去爱。

原谅我也是第一次为人子女

知心寄语： 你养我小，我照顾你老，好一份感人至深的祖孙情。这世间，最真的感情都是不求回报的，但是，越是不求回报的爱，越容易得到爱的反哺。孙女陪伴奶奶走上人生的归途，一步步，渐近终点，直至永别。就如同当年，奶奶怀抱孙女，在人生的起点上，蹒跚学步，牙牙学语。人间有轮回，说的就是这份爱的轮回吧。

第四章 半天朱霞

再见，爸爸

◎和菜头

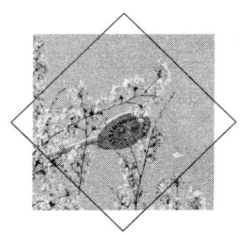

今天父亲下葬。

电话在周一上午9点打来，我在上班的路上。铃声响起的时候，我知道该来的终于来了。在这一天到来之前，我祈祷过，幻想过，我甚至在街头尽可能避开一切花圈店、寿衣店。但是没有用，电话在周一上午响起，那不是家人会来电的时间。

我乘最早的一班飞机回到昆明，进了家，父亲已经变成了一张黑白照片。他严肃地看着我，像是在问：为什么又被老师留堂了？在过去十年间，他是客厅里坐在轮椅上的一个背影，无声隐没在电视节目斑斓的光影之中。现在，他成了某种以蜡烛、青香、鲜花为食的存在，终于转过脸来和我对视。

父亲生于1937年，属牛，白族，家在怒江地区松柏乡，是家族里第一个大学生。如果不是上大学的话，他会是村寨中一名出色的猎手。小时候，巫师为他打卦算命，说是将来会远离祖先的宅基地。奶奶非常担忧，巫师解释说，也许是去汉地。

原谅我也是第一次为人子女

他的第一站非常遥远。因为修的是物理系核物理专业,他一毕业就被征召入伍,前往新疆戈壁中的核物理研究所。记得他说过,新兵从西安集结出发,坐在闷罐列车里一路西行。没有人告诉他们要去哪里,也没有人告诉他们还要走多久,只知道每次下车休息的时候,景色越来越荒凉。最后,举目望去竟然四野无人。父亲说,有一次见到一根电线杆,上面还留有工人的油泥手印。那是进入戈壁之后唯一一次见到有人类活动过的痕迹,于是他抱着电线杆失声痛哭。

父亲从来不是一个坚强的人。

进入研究所不易,出来更难。他拒绝了由组织上介绍对象,坚持要回云南自己找。我猜想他没有一天喜欢过戈壁,他还是喜欢崇山峻岭、大江奔涌,喜欢将赤裸的脚板踏在熟悉的红土地上,所以,他坚决不肯断灭了回家乡的任何希望,哪怕因此要在戈壁里孤独很多年,哪怕在家属区炊烟袅袅的时候,独自返回单身宿舍楼自己做饭。

父亲在 39 岁那年有了我,我是头生子。

我出生不久,父亲就把我带去了戈壁,说是不放心母亲带。从此,他和我走遍大江南北。他到哪里,我就跟到哪里。在武汉,在北京,在西安,月台上多了一个抱着孩子的军官,一边肩膀上趴着一个皮猴一样的男孩子,另一边肩膀上挂着孩子喝奶用的奶粉、煤油炉。父亲回忆说,每次他去买票的时候,就让我在一边守着行李。每次回来的时候,就看见我死死守住行李,对周围叔叔阿姨的逗弄不假辞色,寸步不离,宛若忠狗。

今年我 40 岁,父亲在 11 月 22 日过完了 78 岁生日。那天的生日祝福,是妈妈转达的。他已经不会说话了,我多聪明啊,当时我是那么觉得的。

我见父亲哭过两次。第一次是我叔父去世,他哭着说自己对弟弟不够好,小时候骗弟弟去晒豆子的席子上,眼睁睁看着叔父跌跤。原因也很简单,他觉得奶奶爱叔父远甚于爱他。第二次是因为我,

第四章 半天朱霞

初中的时候，我满身出现紫癜，他以为我受了核辐射，得了白血病。我被送去陆军总医院做血检，他站在走廊一角向隅而泣。他以为我不知道，其实我都看到了。

他不知道其实我记得，那一天他冲进幼儿园，抱起三岁的我，冲到乌什塔拉小红山基地的四层楼顶，让我看蘑菇云在山那边升起，然后跳进楼里，让我看冲击波到来时疯狂震颤的窗户玻璃。他永远也不会知道，他给予了我对北方最早的记忆，让我在很多年前就相信，我一定会回到北方，再次看见雪花撒落在我的棉袄上。终于有一天，大雪在北京纷纷扬扬撒下。唯一的区别是，我身上穿的是自己买的羽绒衫，不是他一针一线为我缝的小棉袄。

父亲不会知道这一切，我们已经有十年不曾说过话。

我有许多理由不喜欢父亲。我不喜欢他性格中的柔软和悲观，我不喜欢他陷入人生低谷便不再振作，我不喜欢他沉溺于酒精和电视节目，对一切命运的安排逆来顺受，我不喜欢他所有的放弃。我们争吵，我们敌视，我们分开后许久不见，我们再次相逢时无话可说。父亲默许了我的一切胡闹，他强烈地批评了我的每一次人生选择，却在我工作11年后辞职离开国企做个北漂时不发一言。他沉默如磐石，我变动如流水。而无论是磐石还是流水，从史前开始，无论时间之雨如何冲刷，从来寂静无言。

父亲从火化炉里出来时，只剩下雪白的灰。所有亲友都被我安排下山吃饭，当时只有我和他两个人。曾经我想过这一幕，于是浑身战栗，口干舌燥。我看着他被烧成灰烬，我等着他慢慢冷却，我站在一边等着入殓师把一米七五的他装殓进一个小小的花梨木盒子。我觉得这一切荒谬无比，正如我坐在火化车间外面等他，骨灰颗粒顺着烟气上升，又打落在我的头上，落在我的衣襟深处。我看见流云如奔马一样从头顶掠过，天空阴了又晴，觉得是他在轻轻敲打我的头。那一刻，我心底澄明，没有任何恐惧。

也许，我的批评是对的，父亲这一生随波逐流，从未争取过任

原谅我也是第一次为人子女

何改变自己人生的机会,可是,我并不曾如他那样在丛林里做一名猎手,带着猎犬交错出击,追击50公里直至野猪倒地毙命。所以,我也无法理解一名19岁的山民突然被运送到戈壁时内心的震撼,对命运的敬畏,以及把返回家乡作为执念。在我们最亲近的时候,他带我踏遍基地周围的山岭,教我认识每一种植物和学习每一种求生的方法。那是记忆里他最快乐的时光,看着我一个人攀上绝壁,是他最骄傲的时刻。"那是我儿子。"我听见他在山脚下大声对同事说。

在整整七天里,我没有落过一滴眼泪。我的一位朋友告诉我,她也曾有过相同的经历——对自己父亲过世没有任何的情绪流露,如同操作一个具体的项目,入土为安,一切得体而妥当。一直到了很久之后,她在北京城里开着车,突然有那么一个时刻,在某个街角,悲伤毫无征兆地悄然袭来,一下子把她打得粉碎。她一脚刹车,一个人在车里失声痛哭。

爸爸,我在等着那个街角。

知心暖语: 父子一场,告别来临时,儿子是如此冷静和理性,冷静和理性得甚至不近人情。他通篇没有一个爱字,可是,每个句子,都在诉说着思念。从父亲的出生说起,他的命运流程,他的喜怒哀乐,他的婚姻选择,更有他一个人带着他,大漠边关、江南塞北的流转。所有这些沉静的回忆,都是无声的不舍和怀念。父亲变成了白沙沙的骨灰,坐在火化车间外面的儿子,内心奔跑着的,是父亲多年前的那句话——看,那是我的儿子!

因为爸妈只有你

◎杨熹文

我人生中唯一一次觉得不该坚持梦想的时刻,是在出国后的第三年——我第一次回家小住的时候,因为有事要去朋友所在的城市,我才在家停留了几天便没心没肺地拿着行李上路了。那天早晨,我送妈到公司班车车站,再转身去找自己的公交站,到马路对面的时候,我下意识地转头看,看见站在马路另一头的妈妈,整个人呆呆地望着我的方向。这个年近五十的女人,肩膀耸动,鼻尖通红,眼泪像断线的珠子,流满了整张脸。她看着即将离开的女儿,竟伤心地哭成了孩子。

这是我离家三年后第一次回家,作为爸妈唯一的孩子,这是多么自私的行为,可我总是能为不回家找出若干冠冕堂皇的理由:"学校假期好短啊,我有很多功课要做的!""我现在打工的地方很好,不想因为回国就辞掉!""回国几周这边的房租还要照交,多不划算啊!"

爸妈口中那个"在银行上班、和爸妈住在一起、快要结婚了、

原谅我也是第一次为人子女

未婚夫是个老实人"的小红或是小丽,我没一丁点儿兴趣去打听。我是个江湖青年,满脑子都是闯荡四方的豪情壮志,我向往瑞士的雪山和伦敦的建筑,憧憬埃菲尔铁塔和撒哈拉沙漠,我甚至在墙上的地图上标出南极的方位,相信自己总有一天会到达……爸妈有时期盼地问:"孩子,什么时候回家呀?"我便心虚地回答:"就快了,就快了。"我就这样敷衍了他们三年,我的爸妈也为此等待了三年。

我不在的日子里,微信就是我和爸妈之间的纽带,我和爸妈的交流,全隔着小小的手机屏幕。这一端,我在早晨起床时,看见妈为我精心布置的房间;在课间休息时,看到爸为阳台的盆景做了个小鸟巢;晚上去打工的路上,收到花园里枸杞结果的照片;又在无数个入梦前的深夜,收到爸妈隔着时差的"晚安"。我从未错过他们生活的任何一个细节。可是爸妈的另一端,却没有这样频繁响起的提示音,我说:"妈,我和同学吃饭呢,一会儿再说!""爸,我累了,改天聊。"于是,他们只能从我的只言片语里,尽力地拼凑我生活的全貌。

我童年时就曾发誓,长大后一定要远走他乡,因为爸妈从未停止过争吵。我成年之后,爸妈的性格随年龄增长变得温厚,妈不再歇斯底里地指责爸,而爸也不再喝到不省人事。但是在大学毕业后住在家中的那段时间里,我又感觉到了亲情的束缚:我晚归不得超过七点钟,不然爸妈就会疯狂地打我的手机;我不能十一点以后睡觉,妈会一遍遍敲响我房门,叮嘱我"快睡吧,孩子";我也不能略过任何一餐,爸会受挫似的自言自语:"这不是我姑娘最喜欢吃的一道菜吗?怎么连筷子都不动一下?"

作家蒋勋说:"尽管我和我的妈妈很亲,但母爱有的时候真是暴力,因为她不知道这个爱对一个青少年来说是多大的负担。"这是在那段时间内,我对爸妈的看法:爱意过浓,束缚太多,接近暴力。

所以当我远行时,我就像一只挣脱牢笼的鸟,迅速地飞向广阔的天空,以至于常常忽略了爸妈发来的近况。我记不起妈去广场跳

第四章 半天朱霞

舞,后来因为老师要统一着装,她就不去了,甘愿在家打扫我的房间;我也忘记了爸推掉了酒局,只愿意在家侍弄花园,或者一遍遍看我的艺术照。爸妈的生活无聊而空洞,我不在家这一事实让他们失去了生活的目标。曾经每日为我准备三餐,看我吃到肚皮圆胀的日子,在阳台上目送我上学去的背影一点点缩小的日子,每个学期末在火车站等待我乘坐的列车到达的日子……岁月将它们统统剥夺了去。

爸爸朋友的孩子和我一同在新西兰生活,回国的时候去我家做客。她后来跟我说:"你妈妈握着我的手,反复摩挲着,什么都没说,眼泪就流下来了。"过年时,我的亲戚在QQ上发来消息:"大家吃着饭、喝着酒,突然有人说起了你,你爸捂着脸就哭了起来。"那时候,我心里那个远行的孩子才肯真正停下来,迫不及待地向家的方向奔跑,眼泪飞溅。

直到我回家后,才一点点意识到爸妈经历的煎熬。除去那个我妈哭到让我想放弃梦想的时刻,还有爸每天都变着花样准备的晚餐,妈失眠了几年的老毛病突然间不治而愈,爱聚会的爸总是翘了班回家,甚至有一天我和妈走在路上,一向节俭到极致的她竟然肯在路边乞丐的碗里放上几块钱。她一路哼着歌,我的心里却只听见酸楚。

我第一次体会到独生子女父母的孤独,是在国外酒吧打工的时候。酒吧里有一些赌博机(在新西兰赌博合法),有些中国老年人因语言不通,无处可去,就经常来这里消磨时间——拿几枚硬币玩大半天。我有时和他们聊天,他们讲得最多的就是儿女。

一位伯伯说,他二十几年前和老伴来新西兰定居,在这里生育了一个女儿,那时夫妻俩辛苦经营着一家中餐馆,无暇照顾孩子,结果长大后的女儿完全融入了西方文化,不会说也不想说一句中文。老伯有一次拿了一些英文资料,不好意思地问我,可不可以教他一些简单的词语。后来又拿出一张画满符号的纸,他说自己想买个iPad(平板电脑)跟上女儿的时代,这些符号全部照抄女儿的iPad页面,希望我能告诉他这些奇奇怪怪的字符都代表什么。

原谅我也是
第一次为人子女

  我尽力回答老伯提出的每一个问题，小心翼翼地用最直白的语言解释。因为我看到老伯，就想起了我的爸妈，我希望他们在遇到不懂的问题时，身边也有一个愿意帮助他们的人，而我更希望，当这样的事情发生时，我就在他们的身边。

  我和朋友讨论过独生子女的问题，他说："集万千宠爱于一身，也集万千孤独于一身。"我点头同意，却不禁想起，我们的父母才是最孤独也最缺乏安全感的人。对于已经不再年轻的父母，大概他们对我们的期待，就像是龙应台在《目送》中写的："幸福就是，早上挥手说'再见'的人，晚上又平平常常地回来了，书包丢在同一个角落，臭球鞋塞在同一张椅子下。"

  有一次看见知乎上讨论，独生子女是一种怎样的体验，有人回答："不敢死，不敢远嫁，特别想赚钱，因为他们只有我。"我不知道别的独生子女是否有这样的感觉，这句话戳中了我的心。

  几年前我决定出国，和朋友吃了告别餐，他很不理解地问我："你一个女孩子，怎么想跑得那么远？对我来说，和家人在一起才是最重要的！"那时，我心里装着整个世界，对这样的声音完全不屑，抓起桌上的啤酒喝了一大口。后来远行，经历了身边朋友为了家庭而中断学业，也听见越来越多的声音在问我："我也想和你一样远行，可是舍不得爸妈，该怎么选择？"家人或是梦想，这似乎是摆在年轻人面前最艰难的选择题。我一直不是个合格的女儿，缺席了爸妈生命中很多重要的时刻，没资格给想要远行的年轻人提供什么建议。但是如果你像我一样向往自由，一定要去世界的什么地方看一看，那请不要让这次远行成为逃离。世界上还有一种远行，离开是为了更好地回归——你可以远行，但要保证身体健康，每周打一次电话，教会爸妈使用微信，有事没事把生活照发给他们，少抱怨，别报忧，告诉他们，你把自己照顾得挺好的，而事实上也确实如此。你虽然还是默默无闻的小人物，却正走在通往成功的路上，每一分努力都慢慢换来了收获。你常常希望每一天有一百个小时，因为生活总是

第四章 半天朱霞

忙碌不停，可是爸妈需要你的时候，再忙你都会出现在他们的身边。

我回新西兰的时候，爸妈到机场送我，在我走进安检前的最后一刻，回过头和爸妈挥手告别。我从爸妈那忍住泪水的目光中读到了一份不舍，但似乎又看见了另一层含义：孩子你好好奋斗，早日实现梦想，到时候再安心回家，我们会一直在这里等着你。

我的父母是中国父母中最普通的代表，他们把最好的人生给了我，再用剩下的人生来守候我。我至今还在为梦想一刻不停地奋斗着，希望早一天带爸妈去外面的世界看一看，也希望有足够的物质条件去满足爸妈年轻时因为我而放弃的梦想。我想告诉所有正犹豫着或者已经在路上的年轻人，如果选择远行，请风雨兼程，好好奋斗吧。可无论何时，都请记得一直在等待你回家的爸妈，因为二十岁的你拥有整个世界，而他们除了你，什么都没有。

知心暖语： 走天涯和报亲恩，是这个时代越来越多独生子女面临的两难抉择，更多的年轻人，选择的是放飞自我。在年轻人心中，父母有的是时间等着儿女归来，很少有人想到，漫长的等待中，越来越年迈的父母受到的是怎样的煎熬。我养你小，我看你跑，我仰望你越飞越高，直至天涯海角。如果上天能给一双翅膀，多少父母倾尽千金也愿意。给自己插上翅膀不是为了飞得更高，而是能尾随孩子的轨迹看见他们的身影。理想无限，相守有限，如果不在父母身边，记得经常保持联络。

原谅我也是
第一次为人子女

母亲

◎张烨

这时我正坐在沙发上看书,也没注意到你什么时候坐了过来,静静地倚靠在我的肩头。我一手拿着书,一手将你揽在胸怀,轻轻拍着、抚摸着。你也许根本不知道我是谁,在漫长的岁月里,时光已残忍地夺走了你所有的记忆。许多时候,你像一个撒娇的孩子,而我倒像是对你爱护备至的母亲了。是的,你已把我当作世上最亲最爱的妈妈,你也这么喊我来着。

有一次,小区里的一位保安握着你的手对你说:"老太太,不能叫你女儿妈妈,知道不?这样会使你女儿折寿的呀。"刚开始,我会纠正你,往后,不知为什么,每当我看到你茫然无助、呆滞失望的目光时,竟也不忍心再纠正你了。让你心中还有个母亲,让你以为自己依旧年轻,这样难道不好吗?我要你活得快乐,你快乐了,我才能快乐。于是我甚至会动情地答应,哦,来啦。

你是多么需要我,离不开我,你的世界已然一片空白,但你的潜意识让你牢牢攥紧你的保护神,而世上所有生命最好的保护神自

第四章 半天朱霞

然就是母亲。

不经意间，我的一颗泪珠悄然滴落在书卷上。我再看你时，你已在我的怀抱中安然入睡。

知心暖语： 母亲老了、傻了，忘记了自己曾是一个母亲，但她没有忘记女儿是生命中最亲近的人，亲近如同自己的母亲，所以，她才会追着女儿喊"妈妈"。妈妈成了女儿的"女儿"，女儿成了妈妈的"妈妈"，不用等来世，今生的角色就在终点来临前置换了。别人眼里，这个妈妈傻了，但是，傻了的妈妈成全了女儿的心愿。在她白发皓首的年纪，女儿愿意把她宠成一个婴儿般纯净的孩子。用妈妈当年爱过我的方式去爱她，这是一个女儿对今生这场母女缘分的最好报答。

原谅我也是
第一次为人子女

母子之间

◎爱新觉罗·溥仪

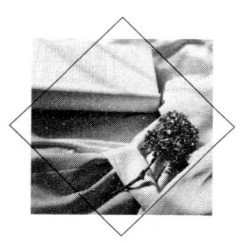

我入宫过继给同治和光绪为子，同治和光绪的妻子都成了我的母亲。我继承同治、兼祧光绪，按说正统是在同治这边，但是光绪的皇后——隆裕太后不管这一套。她使用太后权威，把敢于和她争论这个问题的同治的瑜、珣、珲三妃打入了冷宫，根本不把她们算作我的母亲之数。光绪的瑾妃也得不到庶母的待遇，遇到一家人一同吃饭的时候，隆裕和我都坐着，她却要站着。直到隆裕去世那天，同治的三个妃和瑾妃联合起来找王公们说理，这才给她们明确了太妃的身份。从那天起，我才管她们一律叫"皇额娘"。

我虽然有过这么多的母亲，但并没有得到过真正的母爱。

隆裕太后在我八岁时去世。和我相处较久的是四位太妃。每天早晨，我要到每位太妃面前请安。每到一处，太监给我放下黄缎子跪垫，我跪一下，然后站在一边，等着太妃那几句例行公事的话。这时候太妃正让太监梳头，一边梳着一边问着："皇帝歇得好？""天冷了，要多穿衣服。""书念到哪儿啦？"全是千篇一律的枯燥话，

第四章 半天朱霞

有时给我一些泥人之类的玩意儿,最后都少不了一句:"皇帝玩去吧!"一天的会面就此结束,这一天就再也不见面了。

我在四位母亲的那种"关怀"下长到十三四岁,也像别的孩子那样,很喜欢新鲜玩意儿。有些太监为了讨我高兴,不时从外面买些有趣的东西给我。有一次,一个太监给我置了一套民国将领穿的大礼服,帽子上还有个像白鸡毛掸子似的翎子,另外还有军刀和皮带。我穿戴起来,扬扬得意。谁知叫我的"首席母亲"瑾妃端康知道了,她大为震怒,经过一阵检查,知道我还穿了其他太监从外面买来的洋袜子,认为这都是不得了的事,立刻把买军服和洋袜子给我的太监叫到永和宫,每人责打了 200 大板,发落到打扫处去充当苦役。发落完了太监,又把我叫了去,对我大加训斥:"大清皇帝穿民国的衣裳,还穿洋袜子,这还像话吗?"我不得已,收拾起了心爱的军服、洋刀,脱下洋袜,换上裤褂和绣着龙纹的布袜。

如果端康对我的管教仅限于军服和洋袜子,我并不一定会有后来的不敬行为。因为这类的管教,只能让我更觉得自己与常人不同,更能和毓庆宫的教育合上拍。我相信她让太监挨一顿板子和对我的训斥,正是出于这个教育目的。但这位一心一意想模仿慈禧太后的瑾妃,虽然她的亲姐姐珍妃死于慈禧之手,但慈禧仍然被她看作榜样。她不仅学会了毒打太监,还学会了派太监监视皇帝。她把她身边的太监派到养心殿来伺候我。这个太监每天要到她那里报告我的一举一动,就和西太后对待光绪一样。不管她是出于什么目的,这大大伤害了我作为皇帝的自尊心。我的老师陈宝琛为此愤愤不平,对我讲了一套嫡庶之分的理论,更加激起了我憋在心里的怒气。

过了不久,太医院里一个叫范一梅的大夫被端康辞退,此事便成了导火索。范大夫是给端康治病的大夫之一,这事本与我不相干,可是这时我耳边又出现了不少鼓动性的议论。陈老师说:"身为太妃,专擅未免已甚。"总管太监张谦和本来是军服和洋袜子事件的告发人,这时也变成了"帝党",发出同样的不平之论:"万岁爷这不又成

原谅我也是
第一次为人子女

了光绪了吗？再说太医院的事，也要万岁爷说了算哪！连奴才也看不过去。"听了这些话，我激动的情绪立刻升到顶点，气冲冲地跑到永和宫，一见端康就嚷道：

"你凭什么辞掉范一梅？你太专擅了！我是不是皇帝？谁说的话算数？真是专擅已极！"

我大嚷了一通，不顾气得脸色发白的端康说什么，一甩袖子跑了出来。回到毓庆宫，师傅们都把我夸了一阵。

气急败坏的端康太妃没有找我，却叫人把我的父亲和其他几位王公找了去，向他们大哭大叫，叫他们给拿主意。这些王公们谁也没敢出主意。我听到了这消息，便把他们叫到上书房里，慷慨激昂地说：

"她是什么人？不过是个妃。本朝历代从来没有皇帝管妃叫额娘的！嫡庶之分要不要？如果不要，怎么溥杰不管王爷的侧福晋叫一声呢？凭什么我就得叫她，还要听她的呢？……"这几位王公听我嚷了一阵，仍然是什么话也没说。

敬懿太妃是跟端康不和的。这时她特意来告诉我："听说永和宫要请太太、奶奶来，皇帝可要留神！"

果然，我的祖母和母亲都被端康叫去了。她对王公们没办法，对我祖母和母亲的一阵叫嚷可发生了作用，特别是祖母，被吓得厉害，最后和我母亲一齐跪下来恳求她息怒，答应了劝我赔不是。我到永和宫配殿里见到了祖母和母亲，听到正殿里端康还在叫嚷，我本来还要去吵，可是禁不住祖母和母亲流着泪苦苦哀劝，结果软了下来，答应了她们，去向端康赔了不是。

这个不是赔得我很堵心。我走到端康面前，看也没看她一眼，请了个安，含含糊糊地说了一句"皇额娘，我错了"，就又出来了。端康有了面子，停止了哭喊。过了两天，我便听到了母亲自杀的消息。

据说，我母亲从小没受别人申斥过一句。她的个性极强，受不了这个刺激。她从宫里回去，就吞了鸦片烟。后来端康担心我对她

第四章 半天朱霞

追究，从此便对我一改过去的态度，不但不再加以管束，而且变得十分随和。于是紫禁城里的生活恢复了往日的宁静，我和太妃们之间也恢复了母子关系。然而，却牺牲了我的亲生母亲。

知心腻语："我"有四个母亲，却没有得到一点儿母爱。小小年纪就像笼中鸟一样被束缚在权力的金丝笼子里。苦挨着长大，当皇帝了，却还是左右不了自己的命运，因为一次"忤逆"，没法收场的"皇额娘"找到了"我"的亲生母亲。虽然儿子不在身边长大，但是，"皇额娘"知道，亲生母亲对他的影响力。所以，最终搬出了她们。没想到，此举吓坏了亲生母亲，她自杀了。没有享过儿子一天的福，却最终因为儿子送了命。母子亲情在封建社会的帝王制度下，被挤压得变形扭曲如斯，可悲可叹。

原谅我也是第一次为人子女

我的母亲

◎［日］北野武 译／陈宝莲

小学时，母亲是如何逼我读书，而我又是如何不肯读书、老想着打棒球，一直是我最深的记忆，也是我们母子之间最初的较量。邻居大婶看我那么爱打棒球却没有手套，觉得我可怜，于是在我生日时偷偷帮我买了棒球手套。但母亲根本就不准我打棒球，就连拥有手套也会惹她生气。

我家只有两个房间加一个厨房，一个房间四叠半，另一个房间六叠。根本没有"自己的房间"这类时髦玩意，所以没处藏手套。不过走廊尽头，有个勉强算是院子的地方，种着一棵低矮的银杏树。于是我把手套包在塑料袋里，偷偷埋在银杏树下，假装没事的样子。

每逢打棒球时我才挖它出来。有一天，当我挖开泥土时，手套不见了，只见塑料袋里装着一堆参考书……母亲认为我迷恋棒球，是因为空闲时间太多，便又安排我去英语和书法补习班。足立区附近极少有英语补习班，于是我去了三站地之外的北千住补习。我骑自行车往返，假装乖乖去上课，其实都是跑到附近的朋友家或公园，

第四章 半天朱霞

玩到时间差不多时再回家。

有一次,一回到家,老妈迎面就说:"Hello, how are you?(你好,你好吗?)"我一时不知该怎么办,默不作声,结果挨了一顿好打。"你没去上课吧?!要说'I am fine(我很好)',浑蛋!"这真叫人不寒而栗。她怎么知道那些英语的?不会是和美国大兵交往了吧?我的补习费可能是美国人出的?太令人不安了。

其实她是为了我,硬学会了那几句。

终于有一天,当我上电视演出,酬劳超过百万时,我不知怎么回事,又想回那个久别的家了。打电话过去时,心脏还猛跳。是母亲接的电话:"最近上电视,赚到钱啦?"语气非常温柔。不料,我才说"还可以啦",她立刻缠着我说:"那要给我零用钱!"这当妈的怎么回事,真会扫兴。既然如此,就让她见识一下。我准备了30万现金,还请她到寿司店。

"妈,这是给你的零用钱。"我想给她惊喜。

她问:"有多少?"

我得意地说:"30万。"

"就这么一点儿?"不变的刻薄语气,"不过30万块钱,就一副了不起的样子!"

我能怎么办?当然是不欢而散,发誓再也不回家了。麻烦的是,电话号码已经告诉她,从那以后,过两三个月她必定打来要钱。

……

"我要走了。"

母亲突然握住我的手:"小武!"眼眶湿润。

我安慰她说:"我还会再来。"

她突然回我:"不来也行,只要最后再来一次。"说完语气又变得强硬:"下次你再来时,我的名字就变了,因为取了戒名。葬礼在长野举行,你只要来烧香就好。"她又恢复成彻底好强的母亲。

我挥手跟姐姐告别。在零售店买罐啤酒,跳上停在眼前的车厢,

原谅我也是第一次为人子女

里头空荡荡的。车子钻过隧道，远处高崎的灯光忽隐忽现，猛然想起来时姐姐交给我的袋子。虽然医生说她没问题，但拿这个有点儿脏的小袋子当纪念遗物，母亲真是年老昏聩了吧？说她脑筋还正常，其实已经痴呆，搞不好里面装着菊次郎的丁字裤。我打开了袋子。

这是啥？我一时无言。竟然是用我的名字开的邮政储蓄存折！翻开来看，排列着遥远记忆中的数字：

1976 年 4 月 × 日 300000

1976 年 7 月 × 日 200000

……

我给她的钱，一毛也没花，全都存着。30 万、20 万……最新的日期是一个月前。轻井泽邮局的戳印。存款接近 1000 万日元。车窗外的灯光模糊了，这场最后的较量，我明明该有九分九的胜算，却在最终回合被翻盘。

知心腻语： 一个总是"扫兴"的母亲，小时候，用参考书换掉了儿子的棒球手套。大了之后，又每个月定时"贪得无厌"追要生活费。如此不通情理，不近人情，原因只有一个：她不放心。不放心孩子不好好学习，长大之后生计艰难；不放心功成名就的他不知储蓄，万一败落穷困潦倒。母亲知道，自己的道理儿子统统听不进去，所以，只能虎起脸扮那个"讨人嫌"。宁可你烦，我也要为了你的未来仔细斟酌打算。母爱之所以伟大，就伟大在为了孩子，哪怕自己被一直误解，也心甘情愿。

【第五章】晨钟暮鼓
DI-WU ZHANG　CHENZHONG MUGU

我也是偶然成为你父亲

◎南在南方

01 >>>

薯片和牛肉干是儿子所喜欢的,百吃不厌,经常藏起来,或抱在怀里。

我跟他说,分享是件快乐的事情。他问:"什么是分享?"我说:"就是把喜欢的食物拿出来,跟大家一起吃。"他说:"我喜欢自个儿吃。"我又给他讲了很多道理,他依然不改。

正好那阵子他换牙,我对他说起一句老话:"众人吃,喷喷香;一人吃,烂牙床。"把他掉牙与吃独食联系起来了。他觉得牙齿掉了很难看,于是,不藏食物了。

有一天,我在家里招待朋友,儿子忽然跑进房间抱出来一瓶酒。那是一瓶放了近10年的酒,此前我跟他说过,这瓶酒很珍贵。

他把酒放在桌上说:"好东西要和朋友分享。"

这让我有点儿脸红。

想一想,当我们要求孩子不自私时,自己是否做到了真正的慷

原谅我也是第一次为人子女

慨？

02 >>>

儿子 3 岁前的一个月，我们开始给他做思想动员，说从 3 岁生日开始，要和他分床睡了。

他问："为什么要分床？"我说："小孩儿大了都要一个人睡觉的，就像小鸟长大了要离开鸟巢。"

他勉强答应了。可生日那天晚上，他变卦了，无论如何都不肯一个人睡，说："为什么我一个小孩儿要一个人睡，你们两个大人要睡一起？"

我们妥协了，决定我来陪他睡。他说："不许半夜跑了。"我答应了。好不容易哄他睡着了，给他掖好被子，离开，定好闹钟，在凌晨 5 点钟再去陪他。

他早晨醒来第一句话会问："你一直都在这儿吧？"我说："是啊！"

这样持续将近一个月。元旦那天晚上，我问他有啥新年愿望，他说："我要发明一个东西，把你整傻，这样半夜你就不会跑了。"我笑了，他也笑了，说："爸爸是个骗子。"

我们要求孩子诚实，可自己有时候却是"骗子"。孩子让我们明白自己有那么多难言之隐，那么为什么孩子就不能拥有秘密？

03 >>>

儿子在草坪上奔跑，我喊他回来，说："小草有生命，你这样会把小草踩痛的。"他问："那草怎么不喊痛啊？"我说："小草不会说话。不仅小草，小鱼也不会说话，但它们都是生命，不要伤害它们。"他似懂非懂地点点头。

家里的下水道堵了，我用了各种法子都没有通好。后来就去菜场买了几条泥鳅，准备派它们去疏通下水道。儿子见了泥鳅，要我把它们养起来。我哄他说:"先让泥鳅去办事,等它们把下水道弄通了,就给你养着。"他想想答应了。

当然泥鳅一去不复返,下水道也通了。第二天我早早去买了几条泥鳅回来。他高兴极了,却发现了问题,说:"这不是昨天的泥鳅,昨天的大,今天的小。"他问:"它们去了哪里?"

我只好告诉他这些泥鳅的确切去处。他问:"那你为什么不爱惜它们,它们是有生命的啊?"我无言以对。

04 >>>

有一回,放在桌子上的50块钱不见了,我们到处找都没有找到,问儿子是不是拿了,他吞吞吐吐地说偷偷拿过一次钱,是5块的,买零食吃了,但桌子上那50块绝对没拿。

我当然不相信,朝着他屁股来了几巴掌,但他还是说没拿。虽然他没再遭皮肉之苦,但我心里想,这事一定是他干的。

没几天,却在狗窝里找到50块钱,这让我很不安。于是,我向他道歉。

他说:"光道歉是不行的,我得打你屁股啊。"我想了想,趴在沙发上,让他打我屁股。这让他高兴坏了,打一巴掌,傻笑一阵。

那一刻,他的情绪得到了释放。在他眼里,爸爸是个庞然大物,但现在他可以打爸爸屁股,也许这就是平等。

一个人成为一个人的父亲,是那样的偶然,但他的一生却因此改变。他死心塌地像石头铺在地上,踮起孩子愿望的脚尖。

我们陪伴孩子、滋养孩子,他们同样陪伴我们、滋养我们。我们教育他们,更需要接受他们的教育,因为他们拥有世上最美好的心灵。

知心暖语:父子之间,尤其是幼小的孩子和庞然大物的父亲之间,不会有什么大事,但是,这些细细碎碎的小细节,足

原谅我也是第一次为人子女

以浇灌出一个父亲甜蜜的"心田"。儿子的一声诘问,父子的一次对话,孩子眼中的另一个世界,还有你情我愿打在屁股上的一个巴掌,这些零零碎碎的小事,是闪闪发光的一颗又一颗的珠子,被父爱的线串起来,挂到记忆的长廊里,做成一串串的风铃。等将来某一天,儿子大了,越飞越高时,飞不动的父亲,坐到记忆的长廊里,丁零零,丁零零,清风吹来,童年里那个欢笑的儿子又扑进怀里来了。

抱歉呀，孩子，没能让你成为富二代

◎陶瓷兔子

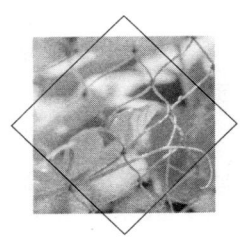

前两周手机屏幕碎了，拿到专卖店里去修，等待的当口进来一对母女，女孩看上去十八九岁的样子，一进门便直奔最新款的iPhone7 plus（一款苹果手机）而去，拿着体验机满脸的欢喜爱不释手，做母亲的则压低了声音问营业员：有打折活动吗？

店员给出了肯定的答复，紧接着又补充道，最新款目前不参加打折，可以先看看其他机型。

小姑娘显然也听到了店员和母亲的对话，循着店员的目光看了一眼柜台上的特价机，不大满意。

她母亲也在店里转了一圈回来，看了好几眼手机上的价签，对着女儿开口："要不就买6吧，看着跟新款的差不多，也是你说的什么苹果。"

可是有了新款谁还用旧的呀，小姑娘露出失望的神色说："我们班好几个同学都买的7 plus。"

沉默了几秒，最终还是母亲先开了口，像是下了很大决心似的

原谅我也是
第一次为人子女

咬咬牙,对女儿说:"你要实在喜欢,就买吧,妈也给你配不起单反相机和电脑,只能给你买个喜欢的手机了。"

小姑娘又惊又喜,在体验区流连忘返,过了一会儿回来,在特价机柜台挑了一款,说:"我决定要这个,一个 iPhone 顶一年学费了,刚试了试也没她们说的那么好嘛,不划算。"

那母亲露出又欣慰又心疼的神情,轻声说了句:"抱歉呀,孩子,没能让你当上富二代呀。"

"等我毕业赚钱了,给你也换最新款。"那女孩调皮地扮个鬼脸,跟着店员去结账。

我坐在两人斜前方的位置目睹了整个过程,看到那小姑娘咬着唇,将面前的最新款手机依依不舍地拿起又放下,委屈得眼睛红红的,却还要故作轻松地假装无所谓。

也是有过一瞬的不满和埋怨的吧。

我在微信后台收到条挺心酸的留言,也来自一个小姑娘,她来自农村,考上了一所不错的大学,学费已是家中能负担的极致,她想出国留学,却无法得到家里的资助,看着同窗好友可以完全不考虑经济的因素自由追求自己的梦想,参加社团活动,报考雅思托福,可她却得打暑假工,杯水车薪地积攒着出国深造的钱。

她说:"我也很努力呀,可是我辛勤努力的结果对于别人来说,却是那么卑微和轻易,就算踮起脚尖也看不到她们头顶的天空。"

对于大多数并不是命运宠儿的孩子们,时光,往往是他们追平差距最有力的武器。

二十几岁出国留学,和四十几岁出国深造,从短期来看,是遥遥无期的二十几年,但从长期来看,那也不过只是被延迟的梦想。

我毫不怀疑这个小姑娘会有个不错的未来,她的留言里有着绝大多数同龄人都没有的条理和逻辑,虽然失落又不甘,却没有怨天尤人把一切不如意归咎于父母、天地,字里行间依旧是自己的主导,从不曾把人生的希望假手他人。

努力奋斗的人什么时候输过呢？他们充其量是比别人跑得慢一点儿而已。

我甚至觉得这小姑娘的父母将她教得很好，勤奋聪颖，有志向有追求，并不因现实的困窘而索性自暴自弃，也不会因为不太显赫的身家而自惭形秽。

而她或许还没有意识到，自己这样的人生态度，正是来自父母最好的馈赠。

知心暖语："对不起啊，没让你成为富二代"，这是一个母亲的愧疚。但是，这份愧疚，真的没必要。母生儿一场，不是金钱的馈赠，而是生命的接力。这种接力，孩子完全看得到，所以，她才舍得放下心头好不把贫穷的母亲逼迫到墙角。人各有命，上天赠予的每件礼物都暗中标注了价格。贫穷同样也是。那些穷且不坠青云之志的孩子，虽然梦想可能被延迟，但因为心中点亮了"我要努力让你成为富一代的妈"这盏灯，最后都通过自己的勤奋实现了心中的夙愿。

给孩子倾诉的机会

◎ 吴念真

儿子吴定谦上小学时,我们看了一部关于美国66号公路的电影,我跟他说:"有一天你长大了,我会开车带你走这条公路,一路慢慢开,只有我们两人,进行一场'男人间的谈话'。"后来没有实现这个诺言,因为中学阶段作业太可怕了。

儿子30岁时,出了人生第一本书《66号公路》。当儿子跟出版社提出,要自己开车去走一趟这条公路时,我心里就很清楚,小时候跟他讲过的他都记得。

他写小时候的记忆,我和他妈妈跟他说过的话、一起做过的事。我们都忘了,他都记得。

小时候,我和父母关系疏离,我那时就跟太太说,我们要当儿子的朋友,像兄弟一样没大没小,这样他就不会怕你,这样会比较好沟通,不会出问题。

那时,我说:"若有一天,儿子失恋了会抱着我们哭,那我们就成功了。"果真,他中学第一次失恋,晚上两三点跑来我房间抱着我痛哭，我一方面觉得很心疼，另一方面也很高兴自己真的做到了。

我一直以为这一辈的父子关系应该都是这样。直到有一天，我去一所中学演讲。我讲父亲、很多自己的历程、儿子的笑话……下面的学生都听得很开心。

后来，有一个学生举手说要问一个问题，我说，之后写电子邮件回答你，我就把电子邮箱说了出来，没想到两个星期收到400多封电子邮件。

这些孩子的信中都在讲父母亲。

"我数学不好，被爸爸骂得很惨，但我语文很好啊，他为何不称赞我的语文"或者"爸妈很势利，不准我跟家境不好的朋友在一起"。

他们的父母亲应该小我20岁，为什么还不能跟孩子沟通？

我和儿子从来没有过冲突。他是个很听话的小孩，我没有骂过他，最凶的时候是直接喊他的名字"吴定谦"。他叛逆期跟妈妈讲话比较凶，我最多在旁边说："吴定谦，对我老婆客气一点儿！"

唯一一次很严肃跟他谈，是他小学二年级时。他那时成绩很好，老师特别安排一个成绩比较不好的同学坐在他旁边。有一天老师打电话来说，那天考试时，我儿子举手告状："老师，他偷看。"老师告诫后，那个同学还是偷看。儿子竟然把答案全部擦掉写成错的，让同学抄，等他抄完再快速改为正确答案。

我吓一跳，这种奸诈，是大人之间都无法原谅的事。我们的教育竟然让孩子如此重视分数。我跟他讲很长的故事，讲当兵时，有错误发生，会有一个人主动出来承认错误。这个人会被大家尊敬，这叫义气。这是唯一一次我认为他做错事，需要跟他长谈。

儿子从小成绩很好，有一次数学却考了七八十分，老师在联络簿上说，数学要多加强，我太太就骂他。我把太太叫到厨房，对她说："我们自己数学都这么烂，怎能要求孩子好呢？"我很认真地跟太太谈，我们自己做不到的事，千万不要叫孩子替我们去完成。父母要孩子长成什么样的人，自己要先做成那样的人。

原谅我也是第一次为人子女

你不能决定孩子的前途,让孩子自己去决定。我儿子填大学志愿时,填了社会系和戏剧系,我要他说服我。他说念社会系可以协助他人、了解社会;念戏剧系可以跟很多人一起工作,可以安慰很多人。我觉得他是认真思考过自己要做什么的。

儿子后来念了台大戏剧系,他大学毕业那天,跑到我书房:"爸,今天起不用给我零用钱了。"我站起来跟他道谢:"从今天开始,你是个独立的人了,谢谢你,成长过程没有给我找麻烦。"

我们的小孩很寂寞,需要跟人沟通,讲出心中的辛酸。他一旦不会讲,就动武,不是语言暴力就是行为暴力。只要有机会,就让孩子去倾诉、抱怨。孩子敢去讲心里的事,比把英文念好还重要。

知心暖语: 一个好的父亲,不是要孩子做什么,而是要孩子为自己的做法给出理由和想法。一个好的父亲,也不是不要孩子做什么,而是给出孩子不做什么的理由和想法。无疑,本文中的父亲做到了这一切。如果每个孩子的父亲都能做到这一点,这世上,将会很多可以主动跑到父亲房间表示"爸,今天起不用给我零用钱"的孩子。那样,也会有更多的父亲对孩子道谢:"从今天开始,你是个独立的人了,谢谢你,成长过程没有给我找麻烦。"

母亲这种病

◎查小欣

读大三时,儿子与5个男生搬到在学校脚程内的独立小村屋去,6个人,每人一个房间,共享三个厕所。未出国前,儿子最痛恨别人使用他睡房里的私人洗手间,觉得不卫生,经过两年的群体生活后,他不再介意。

送儿子留学,除了为一纸文凭和学位外,还要让儿子学习独立,训练适应不同环境,吸收多元文化,锻炼社交技能,如故步自封,到了别人的地方,仍活在自己的框框里,那倒不如留在自己的地方。

在美国有位相熟的华人司机,我以前留美期间由他管接管送,异常方便,可是费用是30美元一小时,昂贵,所以每次叫车都是先安排密密麻麻的行程,每到之处都是匆匆忙忙,以省车资。我赴美前,儿子来短信,叫我不要请那位司机,认为他收费高又不熟路,浪费时间和车资。他提议用uber(优步)召车服务,方便快捷安全又便宜,可是uber仅供持有当地信用卡的居民使用,于是此行用车就由儿子负责召车。

原谅我也是第一次为人子女

我感到欣然,不单是省了车资,而是儿子逐步迈向独立,融入当地生活,我不用负责接送他,反过来由他接送我。两年的外国生活,独自面对处理和承担学业、起居饮食等,加速他的成长,尤其他坐着 uber 出租车来酒店接我,感觉被照顾,满心欢喜,竟又一阵鼻酸。

心情矛盾,欢喜和心酸在角力,口里说想儿子独立,心中其实有一小角落还是奢望他仍需要有一点点依赖父母,所以每次他托我办事,我都第一时间办得妥当,以赢取他的依赖。

他带我参观他的新住所,是间小小的旧式独立屋,有点儿破烂。他逐一介绍五位同屋给我认识,他们或跟我握手问好或点头微笑。儿子的睡床是好友卖给他的二手床,收拾整齐,跟香港他的睡床一样铺上米白色床单,墙上贴满他网购的海报和几张他的画作,房中满布色彩,分外温暖,衣柜和散放在台上地上的杂物比较凌乱,房中唯一的椅子是朋友用不着给他的,用来放食物和饮品的三手冰柜是廉价买回的。

参观了两层高的房子,感觉是客厅、厨房、厕所等公用的地方太凌乱,灰尘寸厚,墙角堆了垃圾,一看便知长时间无人负责收拾清洁,有点儿肮脏。儿子问我对房子的整体感觉,我没直率地把话说出来,换了个方式说:"妈妈觉得你很棒,很能适应环境,这里的环境与家里完全相反,也跟你大二的旧居很不一样。"

他点头同意:"是呀,但最起码这是我个人的房间,在香港,你们都为我预备好一切,不由得我做主,现在我的房间完全是由我来安排。"

我听得心中一阵刺痛,身为父母以为对他无微不至,事事照顾周到,他不单身在福中不知福,稍稍学会独立,便反过来嫌弃,埋怨没有布置睡房的自由。

他的话触动了我的神经,正要"骂醒"他,此时想起读了一本心理医生写的书《母亲这种病》,书中提出:"现代人的心灵问题,可能都是来自母亲。"母爱很伟大,但很多人却为与母亲的关系所苦，难以摆脱饰演乖宝宝的枷锁，无法做回自己。如母亲过分严厉，孩子一生会充满自我否定的想法。

母亲对子女会有很多不同的期望，但子女对母亲最大的心愿只是被了解、被认同。我们眼中的"身在福中"，对子女来说是个要牺牲自由自主的处境。

知心暖语： 孩子从母亲的羽翼下一点点长大，长大的过程，也是争取自由的过程。这份自由，母亲刚开始是舍得给的，因为她很知道，总有一天，他要独立飞翔。自由便是独立飞翔的前奏。可是，当孩子真的开始独立了，不用母亲操心了，为什么母亲的心又开始失落？

母亲生下孩子来就是为他"服务"的，"服务"就是母亲表达爱的方式。可是，孩子突然告诉母亲——我们宁可脏乱，也不要你的服务，因为，那份服务需要典当我们的自由。意识到孩子自由的重要性那一天，一个母亲才真正开始意识到寂寥。而这寂寥里，充满的却是孩子成长的喜悦。

原谅我也是
第一次为人子女

母亲就是，
对着洒落的牛奶轻松一笑

◎琳达·琼斯 译/费方利

我成为母亲的那天并不是女儿出生的那日，而是七年后。在此之前，我疲于挽救争吵不断的婚姻。我费尽所有心力，只为营造一个"完美"的家（以期达到丈夫的挑剔要求），却没有留意我的宝贝女儿已经是个可以四处走动的孩子。我不断地取悦一个永远无法取悦的人——骤然发现，过去的时光已然溜走，再难找回。

通常"为人母"应该做的事，我都做了，如送女儿去学芭蕾、学钢琴和上体操课。我参加她所有的独奏会、学校音乐会，家长会和家庭招待会——我一个人去。餐桌上碰翻什么东西时，我阻止暴怒的丈夫，转而对孩子说："没事的，亲爱的。爸爸不是真的跟你生气。"我竭尽全力保护她不被呵斥，保护她不被喝酒晚归的丈夫狠狠斥责。最后，我为女儿和自己做了最好的一件事：我们搬出那个不能真正称为家的家。

我成为母亲的那天，是女儿和我坐在新家一起安静自在地吃晚餐（这也是我一直期望的）。我们聊她在学校做了什么事情，突然，她的小手打翻了盘子边的一整杯巧克力奶。洁白的桌布和新刷的洁白墙壁变成暗棕色，我看着她的小脸蛋——满是惊慌，她能想到如果是在爸爸面前打翻巧克力奶，其后果会有多糟糕。我看着她脸上的神情，看着从墙上一直往下流的巧克力奶，我只是笑起来。一开始她一定以为妈妈疯了，不过接着她应该是意识到我在想：真好，你爸爸不在这里！她也跟着我笑，我们一起笑，然后一起哭。那是快乐平和的泪水——是我们第一次在一起痛快地哭泣。就是在那天，我们知道一切都会好起来的。

不管什么时候——即使是 17 年后的现在，我俩无论是谁不小心洒了什么东西，她都会说："记得我弄洒巧克力奶的那天吗？我知道那天你给我们做了正确的事。我永远也不会忘记。"

那是我真正成为母亲的一天。我发现成为母亲，不只是去看她的芭蕾舞、体操表演和钢琴独奏；参加每一场学校音乐会和家庭招待会；不是让屋子一尘不染；不是准备完美的餐点；当然也不是在事情搞砸时假装一切都安然无事。于我而言，成为母亲始于我能对着洒落的牛奶轻松一笑。

知心暖语： 我成为一个真正的母亲，是在女儿七岁那一年。为什么是那一年，因为那一年开始，一个母亲告别了一个不能给自己和女儿安全感的家庭。对于孩子来说，家和母亲的怀抱一样，是给予安全感的，而不是稍微有点儿风吹草动就提心吊胆的危险之境。什么是安全感？安全感就是你永远不会因为自己的失手而恐惧，安全感就是刚买了一件新裙子，失手打翻了墨水瓶在上面，不但听不到责骂，反而听到惊喜的赞叹——孩子，你在白色的裙子上画了一朵墨蓝的花。希望普天下的所有母亲，都有这份能够给予孩子安全感的宽容幽默的能力。

原谅我也是
第一次为人子女

我踩到了"父母地雷"

◎查小欣

圣诞节儿子返港度假,短短10天,母子俩大吵小吵频频。

抵港当日正值冬至,齐集家人来我们家吃晚饭,儿子跟男的握手,女的拥抱。准备了一桌儿子馋嘴的菜式,由他爸爸亲自下厨。儿子走进忙乱的厨房,打开冰箱,取出家中常备的牛扒,说:"今晚我不想吃太多东西,吃煎牛扒就够了,我自己来弄。"

我忙着招呼,没说什么,老公配合他,儿子说牛扒每面煎两分半钟,老公就拿着定时器替他计时,自小很少入厨房的儿子,煮个方便面也手忙脚乱,现在对付平底锅中的牛扒,手势纯熟,下什么调味品都胸有成竹。

大家团团围坐,各人吃得不亦乐乎,儿子悠然自得地吃牛扒,我让他尝一点儿桌上的菜,他推说饱了,叫了好几次,他应酬似的吃了一小口,将牛扒吞进肚子里后,就跟表哥表弟到房间去聊天了。

大节当前,一时情急,走上了父母劝食的自然轨道,成为母子俩未来几天的嫌隙。

第五章 晨钟暮鼓

牛扒的宣示是：我长大了，别打算支配我，我的生活模式由我主宰，我们要彼此尊重，你吃你喜欢的，我吃我喜欢的。

事隔一日，我还未及消化他的态度，却引发"干涉早餐"事件。女佣煮了越式牛肉米粉给他做早餐，放在托盘里端到他面前，他拿起筷子预备吃时，我因见托盘底不平坦，预备替他将汤碗移到平滑的台面，他阻止："自己饭自己吃。"我把手迅速收回，找话说，"牛肉汤的汤底是……""是你配制的，用大量牛骨，加入红萝卜、白萝卜熬了几小时，汤清味浓，你昨晚已跟所有人讲过了，不用再讲。"

不想他回港第一个早晨便不欢而散。早餐后稍作休息，儿子到屋苑会所健身室去做运动，"来，换衣服，跟我一起去跑5分钟，才5分钟很快的。""不是说要赶稿吗？明天吧。"我说。

"你觉得我烦，对吗？冬至晚上，我不是说已吃了牛扒吗？为何你还不停地叫我吃这吃那，令我要不断在各人面前拒绝，像个事事反对你的儿子？为何不相信我？我饿了自然会吃，饱了怎吃得下？"

我踩了父母经常性踩的"地雷"，停留在时光走廊，忘记了儿子已长大，他给我当头棒喝：他是个独立个体，他尊重父母，亦希望得到父母的尊重，他正式宣布不要做牵线的小木偶。

儿子离港返美前一天，我派项任务给老公："好好跟儿子分析关心和规劝的分别，爸爸妈妈问他跟谁吃晚饭、几点回家、多吃一点儿、天冷要添衣，是出自关心，不是操控。"

这番话由我来说会有反效果，他肯定听不进去，会吵起来，丈夫则是他的英雄，他的朋友。

父子俩关上门，密话约半小时，自门打开一刻开始，儿子分明的轮廓多了一分温柔。

大清早，送他到机场，登机前，老公给我俩拍照，我预备在刚吃过早餐的裸色唇上抹唇彩，儿子紧拥着我的胳膊："不用，要有自信，你已经很美。"很男子气。

— 215

原谅我也是
第一次为人子女

目送他的背影消失在旅客中。往停车场取车途中,老公手机响起,看了内容后,他满意地笑,笑什么?

他把手机给我看,儿子写道:"谢谢给我一个惬意假期及宝贵的一席话,放心,我会谨记爱情至上。"内容以英文为主,唯"爱情至上"四字用中文。

老公给儿子的一席话是:"你妈妈其实很爱你,跟妈妈相处很简单,你用对待女朋友的态度最为恰当,女朋友也会像妈妈问这问那,你会觉得女朋友是关心,不是管你,反而她不问你时,你会怪她不关心你,对待妈妈也一样,爱情至上。"

爱情至上,简单直接,儿子马上参透。多谢我的最佳合伙人。

知心暖语: 每个长大的儿子心中,都有一个唠唠叨叨的老妈。"你要这样要那样……""我都多大了,什么不知道,需要你来讲?"一方在表达盛大的母爱,一方在自给自足地向外推挡。推挡不开,骤然恼怒:"给我不需要的,这不是爱,而是操控。"长大的孩子因为不需要母爱而变得"叛逆"。这份叛逆,需要爱情,马上融化。女友的唠唆是关心,妈妈的唠唆是叨扰,这不是唠唆和唠唆的不同,而是孩子认知的不同。愿天下所有儿女,都以爱情至上的态度对待自己的父母。

儿子，爸爸不是郑渊洁

◎ 胡子宏

儿子，今天爸爸给你谈的是：我与别人的爸爸有何不同。

先提三个事例：一是李开复对女儿说，成绩只不过是虚荣的人用以吹嘘和慵懒的人所恐惧的无聊数字而已；二是郑渊洁在儿子18岁后，送给他两个礼物，一辆车和一盒避孕套；三是广西有个学生考上了清华大学，父母的教育秘诀是——没有什么特别的办法，只是让他快乐地成长。

几年来，我非常关心你的学习成绩。你肯定有点儿不耐烦了。瞧，李开复说了，成绩只不过是无聊的数字而已。我要告诉你，李开复曾经是Google全球副总裁兼中国区总裁；他给两个女儿提供的教育环境和物质保障是我终生难以企及的。李开复的女儿靠自己的努力考上了美国哥伦比亚大学。李开复讲"成绩是无聊数字"的同时，还说了句"最重要的是你在学习，你需要的唯一衡量是你的努力程度"。

李开复劝女儿不要在乎成绩，但给女儿写信时，又很自豪地提

原谅我也是
第一次为人子女

及女儿的"高中微积分第一名"。因此,你千万不要把成绩当作无聊的数字,依然要坚持刻苦学习。李开复的女儿其实留学不留学无所谓,他的家产和影响力,足可以使女儿有一份很舒适的工作。而你的成功要靠自己的打拼,因为爸爸没有李开复那么大的能耐。

你是读着郑渊洁的故事长大的。童话故事为郑渊洁赚得盆满钵满。在这种家境中,郑渊洁的儿子拒绝了校园里按部就班的课程,在玩耍中发展自己的人生。他去非洲旅游,回来后竟然瞒着父亲出版了摄影集。而像我这样的爸爸,顶多给你一些远游的路费。我们父子与郑渊洁父子不是一个档次,他的家教理论不适合我们。你作为平民百姓的孩子,依然要沉浸在校园的课程里,除了刻苦学习,别无选择。

广西的学生考上清华大学,父母的教育秘诀是:没有什么特别的办法,只是让他快乐地成长。这里,我们要正确理解什么是快乐成长。我对你的学业要求很严格,有人曾经斥责我:"你给孩子施加了多大的压力啊,孩子能快乐成长吗?"儿子,你要记住,快乐成长与刻苦学习并不排斥。刻苦学习不意味着你放弃郊外踏青、暑假旅游、网络聊天和课外阅读,它只是要求你在一定时间内,集中精力去学习,不要分神,不要懈怠。而优秀的学习成绩,是你快乐成长的精神财富。爸爸对你的要求是,学习时,必须全神贯注,不能浅尝辄止。闲暇时,那就由着你的性子去玩吧,只要健康,只要安全即可。

儿子,请记住,那些声名显赫的家长,因为家境的殷实,下一代不存在就业谋生的压力。一些教育家声称的"赏识教育""快乐成长",那仅仅是理论层面的说教而已。古训中的"头悬梁锥刺股""少壮不努力,老大徒伤悲",倡导的就是对学业的刻苦和严谨。你刻苦学习的目标很简单:好成绩,好大学,好职业,好生活。

儿子,让我们一起踏踏实实过好我们的平民生活吧。我们不会有"李开复"和"郑渊洁"式的奇迹。爸爸与别人的爸爸不同,爸

第九章 晨钟暮鼓

爸其实又跟更多的爸爸相同———那就是渴望下一代有个令父辈欣慰的前程。20多年后，你也会像当今的我一样，接过爱心的接力棒，对你的孩子讲述这些枯燥而丰实的人生道理。

知心暖语： 儿子，爸爸不是富一代，所以，你不能用富二代的标配来打量自己的人生。你也不用因此有什么抱怨，这个世界，父亲成功到不需要儿子努力就能过上好日子的个例不太多。作为一个普通的父亲，我给不了你丰裕的物质，更给不了你所谓的快乐教育，我能做的，就是时时刻刻耳提面命着你去奋斗、努力，去活出更棒的风采。这样，等将来有一天你有了儿子，也许你就可以有现在那些声名显赫的家长的"快乐教育"的傲娇了。

只要你们生活得好，爸爸宁可做个讨人嫌的唠叨汉。

原谅我也是
第一次为人子女

下辈子,你不要再做我的孩子

◎ 合欢开了

黄昏浅浅的光影里瘦瘦的少年戴着围裙正在做饭。倒适量的油,放细细的葱花、姜丝,放洗净切好的蔬菜,熟练地翻炒……他是什么时候长大的呢?还未满18岁的孩子,8年前,就开始自己做饭了。

我曾经以为能给他幸福生活的。生活那么不遂人愿,好好的厂子,说散就散了。两个人一同失去了工作,因为生活的茫然和困惑,我们开始相互抱怨、争执。终于,家也说散就散了,留下了不足60平方米的家,800元的积蓄,还有快要读小学的他。

对这样的变故,他很快明白了什么,他耸耸肩,说:"妈,你别生气了,反正咱们还在一起。"我愣了半天,那一刻我才发现,原来我一点儿都不了解他。

终于找了份工作,在一家私人的超市里收款,待遇并不比以前差,但每天要工作10个小时,晚上9点才下班。第一个晚上,终于熬到了下班,因为担心着他,疾步朝家里走。在路口的转弯处他却忽然跳了出来,把我吓了一跳。那么晚了,他一个人跑过来,我心

第九章 晨钟暮鼓

头一紧。劈头冲他就是一顿骂。他也不辩解,手放在背后,低着毛茸茸的小脑袋听我数落完,把手拿到身前说:"没事,我有武器!"说着把一根不长但很结实的小木棍舞动了两下:"我不怕坏人,我是来接你的。"我的嗓子一下子被什么噎住了,他仰着的小脸脏兮兮的,钥匙还挂在胸前晃晃荡荡。我再也说不出话来,牵过他的小手,两个人朝家里走。

他做的第一顿饭是蒸鸡蛋。他很认真地学,拿个小本子记我说过的,几个鸡蛋,放多少水,多少盐,搅到什么程度……第二天晚上回来,他仰着小脸无比兴奋地对我说:"妈,看我做的鸡蛋羹,你尝尝吧。"然后把它端到我面前,很期待地看着我。看着那水汪汪的鸡蛋羹,他的鼻子左侧有两块小小的灰尘,我笑了。然后,我低头尝了一口,他放多了盐,太咸了,吃着那碗被他命名为"鲁阳式"的鸡蛋羹,眼泪忽然扑簌簌地掉下来。

我更加努力,并希望有机会换一份更好的工作,可以有时间照顾他。

休假的那天,我带他去游乐园,已经很久没带他出去放纵地玩过了。那天我让他玩遍了所有的娱乐项目。花光了我口袋里所有的钱。最后剩下两块钱,给他买了一盒酸奶。回家的7站路,我们走着回去。他一直走在我的左边,高过了我的肩,像个小男子汉。

他读中学了。没有电脑,没有名牌的衣服。也不能奢侈地喊着同学庆祝自己的生日……他始终走在同龄人的边缘。因为我给不起他这些。虽然他从不抱怨,于我却是永不能释怀的亏欠。

过了40岁,我的身体渐渐不如从前,腰部开始出现疼痛的症状。在他的催促下检查。结果是严重的腰肌劳损,不是急症,但治疗起来很麻烦,不能劳累。需要辅助的按摩或牵引治疗。医生建议适当做运动。

他开始在每天早上更早地起来,喊了我去散步,他也不再让我做饭,每天早上上学把中午的饭也做好,读到高中的他,已是个熟

原谅我也是第一次为人子女

练的厨房操作工了，会做多样饭菜。

转眼，他参加了高考，没有要我陪同。一切自己应对得从从容容。考试完毕，说："我在作文里写了这样一句话：'下辈子，希望我还做她的孩子'。"

好半天，我抬起头认真地看着他，慢慢地说："儿子，下辈子，希望你不再遇见我，不要再做我的孩子。下辈子，我想你出生在另外一个幸福富有的家庭，被他们爱和照顾。应有尽有，过真正美好的生活。"

他哭了，我也哭了。

知心暖语： 婚姻的城碎了，一地狼藉站起来的母亲，因为儿子，才有了继续努力活下去的勇气。她努力去打拼，孩子看在眼里，疼在心上——我的双肩还太稚嫩，稚嫩到养活不了母亲，那么，我能做点儿什么呢？他看到了和自己差不多高的灶台，决定给母亲做饭，让劳累一天的妈妈回家能吃上一碗热饭。儿子亲手做的饭，给母亲的心无尽的温暖。她要回报孩子的贴心，除了更拼命，没有别的途径。穷人的孩子早当家，母子相依为命这些年，母亲没有给孩子太多，但孩子却说，下辈子我还要做她的孩子。这是最真挚的诺言，但母亲却不愿意，她宁愿孩子有更幸福的生活，不来陪伴苦命的自己。

这就是爱！

儿子，谢谢你如此宠我爱我

◎ 春 喜

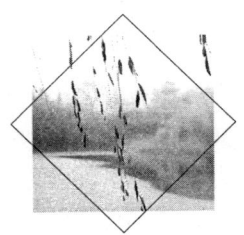

1.生命是一个远离的过程 〉〉〉

那天，肠镜结果出来的时候，我没哭，你却一个人站在太阳底下，号啕着给你的大姐———我远在美国的女儿打电话。通完电话之后，你一支接着一支地抽烟，然后又将头埋在膝盖间，我看到你宽厚的肩膀在不停地颤抖……十分钟后，你像下决心似的，擦干眼泪走向我："妈……"我知道你是决定要坚强面对的，可是，面对"恶性肿瘤晚期"这样的结果，你根本就无法接受。

你扑在我的怀里，死死地搂着我，我知道，你怕，怕病魔把我带走。医院的走廊里人来人往，对于这样悲凄的场景，大家都有着爱莫能助的麻木。而我的心里，反而变得坦然、勇敢而宁静。这一天来临之前，我一直以为，妈妈在你们的生命里已经没有那么重要了。我常常十天半个月才能看见你一次，至于那个大学毕业后就到美国去的女儿，对我来说，就是视频里的一个影像。自你们纷纷考入大学，离开家的那一天起，我就变成了一个失落的母亲，常常，我会

原谅我也是第一次为人子女

羡慕那些家有"啃老族"的同事朋友,至少他们可以常常跟儿女厮守在一起。你们的爸爸常常说我站着说话不腰疼,他说要是真那样,我又不定会郁闷成什么样子。

这一天来临之前,我一直觉得生命是一个远离的过程,这个过程从我生下你们那天就已经开始。

但也就是从这天开始,你一点点改变着我的想法———其实,我并不真的了解你,我的儿子。

一夜之间,你做出了两个决定:一、辞去你现在的刑警队长的职务,调到行政办公室;二、你将你的房子交给了中介。这样,你就有足够的时间、足够的财力来陪我,你不许我说这是最后的时光。

没有人同意你的选择,你的爸爸、姐姐还有妻子,包括我。但你那么固执,你不跟他们做任何解释,你只对我说:"妈,这些东西都会失而复得,但你不能。你不要让我有遗憾,所以,别拒绝我,行吗?"我还能说什么呢?我只是感觉到,因为你,我对这场病真的没了恐惧。

手术在你的坚持下还是做了。手术的前一夜,你跟大家弄得并不愉快,你的爸爸、姐姐还有妻子是并不同意这场手术的。你的爸爸担心我下不了手术台,你的姐姐认为你的决定太仓促,你的妻子认为这是不理智的烧钱行为,但你冲他们每个人大吼:"医生说了至少还有百分之四十的希望,就算是百分之一,我也不能让妈在家等……"那个"死"字,你再也不敢提,更不愿意听到。有一天,你的妻子无意间说一句"吓死我了",结果被你一顿呵斥。自从我确诊的消息传来之后,你对周围的人,除了我之外,都变得这样粗暴。

最后,你征求我的意见。儿子,妈妈永远记得你看我的眼神——作为母亲,在你很小的时候,我是用过这样的眼神注视过你的——那是因爱而生的疼。我站在了你这一边,尽管按常理,我应该拒绝这场手术,但是我不想此后没有我的人生,你始终为没能尽一切办法救我而耿耿于怀。

第⑨章 晨钟暮鼓

手术的前一夜,我跟你们的爸爸交代完了全部的后事。但对你,我始终表现得很乐观,仿佛只要做了手术就会彻底恢复健康一样。而你,也表现得极为正常,我知道你对这场手术寄予了极高的希望。

手术还算成功,但癌细胞已经向淋巴转移,我从手术室直接进了重症监护室。护士告诉我,我在重症监护室的那三天,你变成了长在监护室门口的一棵树,不吃不喝不睡,谁劝你,你就跟谁吼。直到三天后,我从重症监护室被推出来,你直挺挺地倒下。儿子,三天不见,你居然苍老了那么多。

2.这就是人们所说的反哺吧 〉〉〉

为了最大限度地减少我的痛苦,药物你全部选择了最贵的,那些都是无法报销的进口药;术后的营养上,你选择了一千五百元一斤的海参;得知中药可以辅助治疗,你连夜赶往北京抓药,第二天又风尘仆仆地赶了回来……

单位虽然给了你足够的时间,但也削减了你的待遇,你前些年努力奔向的前途没有了;如此的治疗拖垮了你的经济,你的房子贱价处理了,你的妻子终于忍无可忍,你的感情也发出了预警信号;还有你与姐姐的争执,不为钱,为她有什么天大的事情不能回国探望我……

儿子,躺在病床上的我,对这一切怎能不知情。我总是在你转身之际,看着你消瘦的背影落泪。婚姻告急!经济告急!亲情告急!儿子,做个孝子的成本太高了。妈妈真的不忍心再拖累你了。你的人生还如此之长!

我以失眠为由,偷偷积攒安眠药的行为终于被你发现。以为你会盛怒,但你没有。你只是把那些药片倒进了马桶,然后默默地坐在我的身边,紧紧握着我的手,枯坐到深夜。我在昏睡中听到你高高低低的哭泣声:"妈,对不起,我知道你很痛苦。可是,有你在,我还有个妈可叫,请你原谅儿子的自私,请你为我而好好活着,好

原谅我也是第一次为人子女

吗?"

你伸出小指,跟我拉钩:"拉钩上吊,一百年不许变。"不管走到哪儿,你总是牵着我的手,你为我洗脸梳头穿衣服洗澡,你给我念小说,当我想胡同口的油条就流口水时,你会偷偷买回来,让我一次吃个够——这,就是人们常说的反哺吧?

这居然是我们娘俩最幸福的时光。

3.因为有你,我幸福我知足 >>>

你的姐姐终于从美国回来了,当她看到你对我的溺爱之后,与你争执不断。她说:"妈不是小孩儿,你这样惯她,只会让她越来越难以自理,越来越依赖,你难道不知道对于一个癌症患者来说,自立自强的精神有多么重要吗?"你的姐姐向你介绍了国外肿瘤患者的情况,他们组成抗癌俱乐部,一起唱歌跳舞,交流抗癌经验,奉行最健康的饮食习惯……

我终于在你姐姐回来后的第五天感冒入院,要知道这个时候感冒是非常危险的,好在,烧退得很快,也没有引发别的病症。但,你跟你的姐姐之间终于爆发了彼此蓄谋已久的战争,你说:"妈吃了一辈子苦了,为别人着想了一辈子了,她现在病了,我宠她惯她点儿怎么那么让你难受?你让一位七十多岁、得了癌症的老人自立自强,你不觉得太残忍了吗?少跟我扯什么科学,我就是要像照顾孩子一样照顾妈,你管不着,你也管不了。"

那天晚上,你和你的姐姐坐在客厅里聊了通宵,关于人生,关于亲情,关于婚姻,无所不谈。我隐约地听着,听到你说:"孝顺不是义务,而是机会。感谢老天给我留了这个机会,我得争分夺秒。"你的姐姐代我向你提到了你的婚姻,问你是否想继续这样冷战下去。你说:"姐,我现在真的顾不上。但我想通了,人生事总有轻重缓急,妈的病就是我现在最大的人生大事。至于其他,我能解决好,你放心。事业,我可以重新开始;婚姻,我还有许多的以后可以用心经营;

但妈的病不能等……"

我的眼泪再也止不住了。儿子，生你养你，我从未有过任何图你报答的想法，但我还是被你狠狠地感动了。尽管我早已从医生与你的对话中得知自己来日不多，尽管上帝可能并不眷顾我，可是，我被你无原则地宠着爱着，就像你儿时我对你那样，如此轮回的生命，怎能不堪称完美？

知心暖语： 一切都能等，唯有孝心不能等。妈妈，哪怕为了儿子，也请你坚持。心中没有这份真情的人，是无法理解儿子的"固执"的。但是，儿子的"固执"，妈妈懂。因为懂得，所以，虽然她早已看淡生死，还是愿意为了儿子忍受手术之痛。因为懂得，她才愿意给机会让儿子来宠爱自己。母亲所求，不是最后的温暖，而是自己走后，儿子的心安。儿子为了垂危的母亲，放弃事业，不顾家庭，在别人眼中，理智尽失，是为不智。但这才是爱的本真模样。什么是爱？爱就是不计得失，就是顾不上计较得失。

致女儿书

◎ 王朔

前几天和你在网上聊天,你的一句话真有点儿伤我的心,你大概是无意的,随口一说,你说,做你女儿真倒霉。还记得吗,你上来态度就很激烈,问我为什么几天没消息,一口一个自私,一口一个白痴。我说你怎么骂人,你说跟我学的。我说你不要当愤怒天使,问你是不是因为是我女儿受到别人什么亏待。你说那倒没有。过去我认为只有你妈才有资格这样说,觉得我对你已经比对所有人都好了,把你视为珍宝,想象自己可以为你死,经常被自己感动,也知道你未见得如我一般想,没想到差距这么大。更锥心的是你说得对,我说爱你,其实最基本的都没做到——和你生活在一起。一个女儿对好父亲的要求其实很低对吗,只要他能和自己住在一起,这一条没有,再说什么也只能称为虚伪了。你妈说过,我错过了很多你成长中的时刻。过去我还不太能体会她这个话,现在这句话每天都在敲打我。你妈这话有两层含义,一是替你不平,二是责我不懂人生什么重要。也只有你妈,能一语道出咱们俩的不可分,一份缺失就

第五章 晨钟暮鼓

是两个人不完整。

嘴里说最爱你,实际上从一开始就使你的人生像残月,这就是我,你讲"倒霉"也不为过。

不知道你有没有想过希望你的父亲不是我。我小时候这样想过,我那时想将来我要有孩子绝不让她这样想。人家讲,当了父母才知道做父母的不容易,我是有了你才知道孩子的更不容易和无可选择。当年和爷爷吵架,说过没有一个孩子是自己要求出生的。想到你,越发感到这话的真实和分量。你是一面清澈的镜子,处处照出我的原形。和别人,我总能在瑕瑜互见中找到容身之地,望着你的眼睛,即便你满脸欢喜,我也感到无所不在的惭愧。你还是婴儿的时候,只要一笑,就像太阳出来,屋里也为之一亮。那时喜欢捧着你的脸狂亲,因为想,大了就不能这么亲了。抱你的时候也想,怎么办,总有一天不能抱了。最后一次离开你们,你妈妈一边哭一边喊你的名字,你不应声,悄悄坐在自己屋里哭,我进你屋你抬头看我一眼,你的个子已是大姑娘了,可那一眼里充满孩子的惊慌。我没脸说我的感受,我还是走了,从那天起我就没勇气再说爱你,连对不起也张不开口,作为人,我被自己彻底否定了。从你望着我的那眼起,我决定既剥夺自己笑的权利,也剥夺自己哭的权利。

很多有过家庭破裂经历的人说,大了孩子都会理解的。我相信。我一点儿都不怀疑你将来充分观察过人性的黑暗后,会心生怜悯,宽大对待那些伤过你的人。那是你的成长,你的完善,你可以驱散任何罩在你身上的阴影。但我还是阴影。在黑暗中欠下的就是黑暗的,天使一般如你也不能把它变为光明。理解的力量是有限的,出于善良的止于善良。没有人因为别人的理解变回清白,忏悔也不能使时光倒流,对我这样自私的人来说,连安慰的效果也没有。

当一个自私的人,就意味着独自待在自己当中,和这个世界脱钩,既不对这个世界负责也不要这个世界对自己负责。自私也讲规矩,也讲权利义务对等,不攀缘,不推诿,是基本品质。喜事、成就未

原谅我也是
第一次为人子女

必不可以择亲分享,坏事、跌了跟头一定要悄悄爬起来或者躺在这个跟头上赖一辈子。被人拉起来再抱住这只手哭一场大家混过去为真正自私者不齿。做了小人就勇敢地当一个小人,这是我在你面前仅能保存的最后一点儿荣誉感。

我选择自私,盖因深知自己的卑下和软弱,与其讲了大话不能兑现不如压根不去承当,是苟全的意思。在你之前,做得还好,也尽得他人好处,但始终找借口不付出,沿用经济学概念,将自私视为"无形的手"就是立论之一。这一套到你这儿就不成立了,你是孩子,因我出生,这不是交易,是一个单方行为,在这里,唯独在你,我的自私法则走到了尽头。如果说我对你怀有深情,那也不是白来的,你一生下来就开始给予,你给我带来的快乐是我过去费尽心机也不曾得到过的,我跟人说过,没想到生一个孩子这么好玩。相形之下,养你所花的金钱微不足道,所以咱们俩要有账,开始就是我欠你。

如果你鄙视我,我不能无动于衷,这世上大概只有你才能让我鄙视自己,所以我比你更迫切需要一个鄙视自己的理由,我怕你轻率地原谅我的同时给我借口原谅自己。

离你越远,越觉得有话要跟你说,在你很小的时候就想,等她大一点儿,再大一点儿。2000年开始我给自己写一本小说,本来是当给自己的遗书,用那样的态度写作,把重要的人想说的话那些重要的时刻尽量记录在里面,当然写到了你,写我们在一起时的生活。写到你时闸门开了,发现对你有说不完的话,很多心思对你说才说得清,比自言自语更流畅,几次停下来想把这本书变成给你的长信。坦白也需要一个对象,只有你可以使我掏心扒肝,如果我还希望一个读者读到我的心声,那也只是你。

我不知道自己的一生意义何在,希望至少有一点,为你的一生打个前站。做人是一件很麻烦的事,所有说法和实情之间都存在着巨大的空隙,好像一生都在和这个东西挣扎,分辨力越强这空隙越深不见底,最后似乎只好把这空虚视为答案和真相。大大去世后,

第五章 晨钟暮鼓

我陷入这个空虚。爷爷去世后,这空虚更无边际。他们是我的上线,在的时候感觉不到,断了,头顶立刻悬空,躺在床上也感到向下没有分量地坠落。我也常常想他们,想他们的最后一刻。我把自己想象成他们,每天都是自己的最后一天,我想在这一刻,我也许有机会明白,我们这样来去,这样组成一家人,到底为什么。

知心暖语: 遇到一位哲理型的深邃作家,是读者的福分。可当这个作家成为一个孩子的父亲,这个孩子就有点儿不那么幸运。每个作家都有一个自由的灵魂。而自由的灵魂是背负不起为人父母的使命的。所以,道理都懂,但为了灵魂的自由,父亲还是缺席了女儿的成长。但无论怎样缺席,他始终是一个孩子的父亲,他的心里,此生此世最重要的那个人,也会永远是她——他的女儿。这就是牵连不断的血缘亲情。如果没有女儿,这个父亲可以自私得理直气壮。自从有了女儿,灵魂深处的自私让他坐卧不宁。原来,当了父亲,就再也没有了自私的权利。

原谅我也是
第一次为人子女

儿子，妈妈谢谢你

◎青春不在

01 >>>

第一次参加你的家长会是在你上小学三年级的时候，我从海鲜批发市场急三火四地赶去，衣服上沾满了鱼虾鳖蟹的血渍。尽管我破例打了车，但还是迟到了。敲开你们教室的门，我迎着那些讥讽的目光走到你的座位上时，内心充满羞愧和歉疚。而你则扬着小脸，伸手帮我擦擦额头的汗，递过来你的小水壶："妈妈，你喝口水。"刹那间，我感觉到了来自四周不一样的目光——儿不嫌母丑，你的不轻贱和体贴令那么多人对我们母子刮目相看。

家长会结束了，你的班主任让我留一下，你则跟老师替我请假："老师，我妈得回家给爷爷奶奶还有爸爸做饭了，可不可以先走一会儿，有什么话，我回家学给她听，我保证不漏一个字。"班主任摸了摸你的小脑袋，送我到校门口，她说："韩流妈妈，说实话，班里四十多个孩子,韩流最让我心疼,那么懂事那么大气。你说,就这样的孩子,将来能不出息吗?机会的雨点不砸他砸谁啊!"

晚上,你放学回家时,我在楼下等你。看到我,你的小嘴张成了O形:"妈,你去相亲啊?"我假装打你,说:"不管以后干的活多脏多累,我也得打扮自己,不能老给你丢分。怎么样?你妈还行吧?"你马上跳起来回答:"绝对美女!"那一刻,我真想抱你,可是,我很快发现,虽然你只有一米三,很瘦,但在妈妈的心里,你已经长成了一棵亭亭的树,令我想到依靠,而不是拥抱。

02 〉〉〉

你上初中的那三年,我们分别送走了爷爷奶奶,那个拥挤的家一下空荡下来,心,似乎也空了。那天晚上,你做的饭,临睡前,你给我和你爸打的洗脚水,边洗边说:"以前光给爷爷奶奶洗了,现在你们终于也有这待遇了。"儿子,那一刻,我真想对你说,不要向妈妈学习,因为没有哪个母亲愿意看到自己的儿子太累。

就在我们生活的担子越来越轻的时候,爸爸的情绪越来越糟糕。在他39岁生日那天,你用多日不吃中饭节省下来的钱给他买回一个大大的生日蛋糕,然而,推开家门,等待你的是爸爸割腕自杀后的惨烈场面。上初三的你,先用毛巾扎住了那还在淌血的手臂,然后拨打了120,直到经过两个小时的抢救,爸爸脱离了生命危险,你才打电话给我。在病房的门口等到我,你对我约法三章:"不许责备,因为坐在轮椅上的人是爸爸,不是咱俩;不许同情,这样会助长他的悲观情绪,这件事他做得不对;不许害怕,有我呢,我一定把这件事处理好,让我爸永远不再动这个念头。"

你的话,让我忘记了哭。我不敢相信,你已经长到这么大,大到令我目瞪口呆的地步。

从那天开始,你放学后的第一件事便是先把爸爸推到小区的院里。瘫痪前,他除了是一个铁路工人,还有一门理发的手艺。为了

原谅我也是第一次为人子女

让爸爸觉得他还有用,你早在他出院之前,便挨家敲邻居的门,希望他们能够来爸爸这里免费剪发。

渐渐地,小区里的人都知道了你,好多家长有意地让自己的孩子跟你交往。你那么乐意帮助别人,我曾亲耳听你教训一个比你还大的高二男孩儿:"警告你,下次见你跟你爸妈那样没教养地说话一次,我打你一次。还有,再这么说话,就别出去说住在咱院里,咱院跟你丢不起这人。"

你如何让那个比你高一头的孩子服你?我居然是从别的孩子无意闲谈中得知的。你曾被院里的大孩子欺负过,其中一个孩子头儿一度每天都要劫你的钱,你舍不得钱,就让他打。直到有一天,那个孩子被另外一个比他大的孩子欺负,你没有旁观,帮了咱院的孩子。事后,那个大孩子问你:"干吗帮我?"你说:"你是咱院里的孩子头儿,如果那天你输了,咱院的孩子以后都没好日子过。我以前不动手打你不是因为打不过,是因为我把你打坏了,还得让我妈出钱给你治,我舍不得我妈,她赚钱不容易。"

那一刻,我无比自责,我对你的世界居然如此陌生,我是一个如此粗心的妈妈。

03 >>>

你的爸爸在被人需要的成就感里越来越开朗了,你更是不用我额外操心,我的心情于是一日好过一日。一天,我一边做饭一边唱歌,哼到浑然忘我的地步,回过神来才发现你倚在门边看我。我的脸红了……你大呼小叫地冲过来:"妈,原来你唱得这么好啊,你要是早几年出道,这不就是小李谷一吗?"我敲你的脑门:"臭小子,拿你妈开心是不是?"这时,你的爸爸插嘴了:"儿子,你是不知道,你妈当年在学校的时候,那可是正宗文艺骨干。要不是咱家这情况,你妈要是出道,肯定大红大紫了。"

一句玩笑,你却当了真。

你请来一个同学的妈妈做我的声乐辅导兼表演老师——她是音乐学院的声乐教授。可以想象一下,每天中午从海鲜批发市场回来的我,先把自己冲洗干净,穿上那些平时舍不得穿的好衣服,倒两遍公交车去老师家里做学生。多滑稽!我不战而退,你却拿出我当年上初中时的一张舞台照,对我说:"妈,你得有点儿爱好,这样你再喊'黄花鱼,新鲜的'都会觉得你跟别人不一样。"

真的像你所说的那样,我依然每天天不亮就去海鲜市场,日子依然很辛苦,可是,中午回到家后,我便把自己打扮成淑女的样子,和小区里一些志同道合的老友去公园里吹拉弹唱。

当《非常6+1》栏目组打电话给我时,我整个人都呆住了。是你帮我报的名!我在心里怪你给我添乱,可是你却轻描淡写地对我说:"你就当央视的舞台是咱长春的南湖公园就行了。"我不能拒绝你,儿子,忙于生计的我,从来都不是你的脸面,这一次,我也想让你为我骄傲一次。

我没有想到李咏会在我上台后的访谈里,设置了让我和你通话的环节。电话接通时,我居然不知道跟你说什么好。情急之下,我居然脱口而出:"儿子,下辈子别做妈妈的孩子,因为没有哪个母亲愿意看到自己的儿子这么用心良苦,这么为家百般操劳……"说到这里,我泪如泉涌,泣不成声。

"妈妈,来生,我还做你的儿子。你不知道,做你的儿子有多幸福,很少被批评,经常被信赖。送一句话给你:你是我的骄傲,将来,我也会成为你的骄傲。"

我不在乎生活给了我什么样的寄语,可是你却给了我最高的礼遇。

明天,你就要踏上南下的火车,开始你的大学生涯。你终于有了自己的生活,我深深为你高兴,超越了一个母亲狭隘的不舍。看着你在眼前晃来晃去,事无巨细地安顿我和你爸爸的生活,我贪婪地享受着这一刻。我想起了盖茨对他妈妈说过的一句话:"我永远

原谅我也是第一次为人子女

怀念与你一起生活的那段美好时光。"而我,想对远行的你说:儿子,因为有你,我的生命一直都是美好时光。

知心暖语: 他经历了一个孩子最可怕的噩梦。爷爷奶奶百病缠身,父亲又瘫痪在轮椅上,命运似乎觉得这样的打击还不够,又让他亲眼看见了父亲割腕的现场。这其中的任何一件,都足以打垮一个人,但是,小小少年打不垮,他在暗黑的噩梦中像一株向日葵那样成长起来,日渐茁壮。穿行在无边的黑暗中,他一直是微笑的。小小的他啊,是用了怎样的勇气笑得出来,没有人知道,这是一个专属小男子汉的秘密。但是,这份秘密,妈妈懂得。因为懂得,所以来生才不愿意继续拖累他。但是,儿子却说,妈妈,你是我的骄傲。这一句,足够母亲这一生肝脑涂地、万死不辞。

我主要教女儿心安理得地混日子

◎高晓松

1. 生活不只有眼前的苟且 >>>

我算不上中产阶级,如果我的钱只够旅行或是买房子,那我就去旅行。

平时除了听听歌,看看电影,我最大的爱好就是满世界跑着玩。去过三十多个国家,到一个地方就买一辆车,然后玩一段时间就把车卖了,再去下一个地方。

经常在旅途中碰上一堆人,然后很快成为朋友,然后喝酒,然后下了火车各自离去。

之前还在欧洲碰见一支东欧乐队,我帮人弹琴,后来还跟人卖艺去了,跟着人到处跑,到处弹唱,到荷兰,到西班牙,到丹麦……

我妈现在还在流浪,一个人背包走遍世界。

我妹也是,也没有买房,她挣的钱比我多得多。

之前她骑摩托横穿非洲,摩托车在沙漠小村里坏了,她索性就在那里生活两个月等着零件寄到。然后在撒哈拉沙漠一小村子里给

原谅我也是
第一次为人子女

我写一张明信片，叫作"彩虹之上"，她在明信片里告诉我说：

哥，我骑了一辆宝马摩托，好开心。我看到沙漠深处的血色残阳，与酋长族人喝酒，他们的笑容晃眼睛……

然后她说就开一宝马摩托，坏了，整个非洲都没这零件，她说你知道我现在在做什么吗？我在撒哈拉一个小村子里给人当导游。

因为我妈从小就教育我们，不要被一些所谓的财产困住。

所以我跟我妹走遍世界，就觉得很幸福。

我妈说："生活不只是眼前的苟且，还有诗和远方。"

我和我妹妹深受这教育。

谁要觉得你眼前这点儿苟且就是你的人生，那你这一生就完了。

生活就是诗和远方，能走多远走多远；走不远，一分钱没有，那么就读诗，诗就是你坐在这，它就是远方。

越是年长，越能体会我妈的话。

2. 给予孩子应有的民主 >>>

我们总是说怎么教育孩子，其实用一份普通的心、一份大将的爱、一份再忙也要陪陪 TA 的努力，就是最好的教育。同时，给孩子鼓励，教育孩子珍惜，身体力行做表率才是最好的家庭教育。

我曾在微博上传了一张 Zoe 的照片，她笑盈盈地拿着一张写着自己名字的卡片，很是高兴。这是因为她获得了家庭事务的投票权。

鉴于女儿在诸如劝阻姥姥姥爷吵架、安慰失恋小姨、给妈妈做摄影师，并协助妈妈打爸爸等问题上，有重大立功表现，并已坚持一年自己坐校车，往返十里外的幼儿园，她隆重获得了长期抗争才取得的民主权利：家庭事务投票权。年方二二，长势喜人，老怀大慰……

她处理起家庭事务来老练成熟，一点儿也不逊色于成年人，获得投票权也是应该的。

孩子应该要充分行使自己的权利。

3. 让孩子懂得如何在不成功的人生随遇而安 〉〉〉
有人问我让孩子学琴吗？

我觉得，不一定学琴，但一定要多学多干些没用的事。

人和动物最重要的区别就是——动物做的每件事都有用，为了生存和繁殖。

人要做许多没用的事，比如琴棋书画，比如爱与等待。如果一个孩子被教育只能学对升学有用的课，上大学只能干对就业有用的事，工作了一切都为了买车买房，生而为人岂不浪费？

其实没几个孩子长大真成功了，而且成功是命，无法教育。所以最实用的教育是：

让孩子懂得如何在不成功的人生随遇而安，无论遭遇怎样的悲摧，都能平静淡然，心安理得地混过漫长的岁月而不怨天尤人。

这时候，那些"没用"的东西就变得弥足珍贵。

孩子长大不会痛苦失落，做父母的就成功了！

4. 消极的父母，顺其自然；积极的父母，创造"自然"
这种负责任的态度是什么？

就是你要为孩子的成长"帮点儿忙"：

孩子性格内向，甚至有些自卑，那就带孩子多多去交际，鼓励她、赞美她，赋予她自信。

孩子爱好很少，没什么特长，那就带孩子去逛逛乐器行以及舞蹈学校，引导并培养她的爱好。

孩子遇到重大的抉择，左右为难。把利与弊分析给孩子听，旁敲侧击、潜移默化地去影响她。

Zoe 四岁生日时，特意穿上了熊猫衣服和熊猫鞋。我发了条微博："亲爱的女儿生日快乐！感谢你看得起咱家，四年前赶来投胎，

原谅我也是第一次为人子女

听说投胎的决定时间只有五秒钟,看来你心明眼亮有办法。

"我猜你一定是带着剧本来的,所以我们不会多打扰你,让你学这学那,或者不让你干这干那,你就自由且自然地长大吧。

"唯一的希望是,你长大后的剧本里还有我们的角色,哪怕是路人甲乙,都好。"

我觉得,孩子要充分争取自己的自由权。

消极的父母,顺其自然;积极的父母,创造"自然"。

根据孩子的性格,为他们设计、创造不同的环境和成长境遇,让他们多学些"没用"的事;长大后懂得平衡生活、调整心态,有能力面对有挫折、有挑战、并不美满的生活。

想必有此心态的人生定是快乐的人生。

见多识广、独立、有主见,清楚自己要的是什么,长大后不易被各种浮世的繁华和虚荣所诱惑。

让孩子"自由探索",见识到丰富的大千世界,才能建构安全感。

让孩子能够自由探索,指尖一触便抵达大千世界,这不仅是我们要构建的安全感,更是大家一起要努力的幸福感。

毕竟,让孩子拥有丰盛的内心,这不是比"把孩子培养成各个领域对口、有用的机器"更加重要吗?

知心暖语:每个孩子来到这世上,都带着专属自己的剧本。剧本的写作者,是自己。但是,父母,就是孩子最早开始的那支笔。一个心中装着诗歌和远方的妈妈,教育出的孩子不会离得开旅途和星空,一个在民主自由家庭长大的孩子,长大会不会因为五斗米折腰。父母看重什么,孩子便会看重什么。父母欣赏什么,孩子便会欣赏什么。孩子是父母的翻版,父母灵魂的一面镜子。父母在孩子的人生中照见自己,孩子在父母的命运中,看见自己的未来。所以,为了孩子,每个父母都应该活出自己的风采。

小社交之
不相处累
XIANGCHU BU LEI
我们的社交时代

意林杂志最新系列「小社交」
专治各种尬聊难题

意林编辑部出品
社交友情价：
32.80元

无论你是智商高、超情商低下，还是思维古板不善社交。《相处不累》总有一种适合你的社交方案在这个满是尬聊、难以启齿的社会，让我们共同做一个社交小达人吧！

品名家经典，赏至美真情

| 值得你一生珍藏的成长智慧书 |

名家励志臻选

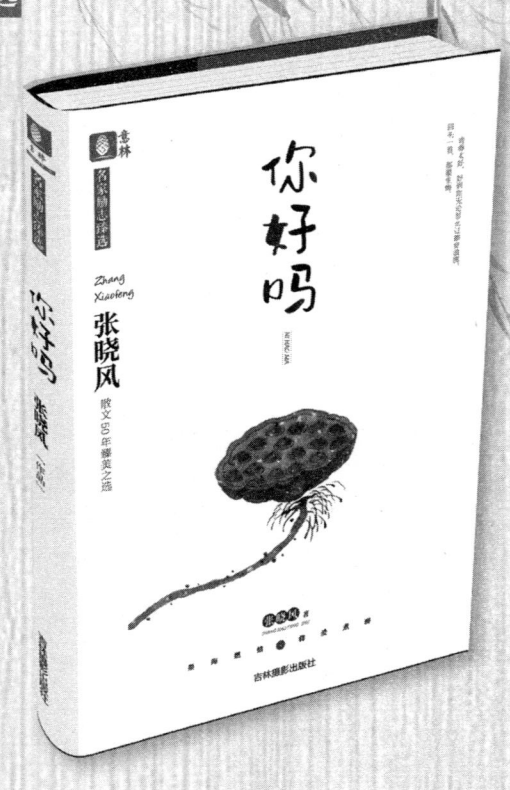

当代华语散文温柔的一支笔，发散写作思维借鉴典范，50年厉心之作

全球华人畅销书作家刘墉，创作45年集生命智慧大成之书

名篇美文，精心臻选
32开读本，典雅精巧

封面插图设计——老树

老树：著名国画画家

定价：38.00元/本

旅行励志书 001

我们终将在路上释怀

不虚此行 × 不枉此生

生命是一场繁华的遇见

苏丹卿／著

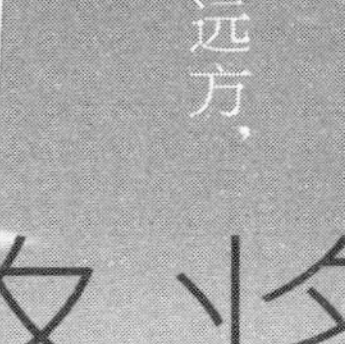

人生就是一场旅行，目的地除了远方，还有我们内心深处的自己。

人生中总有那么一个地方，让我们魂牵梦绕，让我们喜乐前往。
心，即使在路上，即使在流浪，
想着那向往之地，也宛如在故乡。

定价：36.80元